KB036549

어른을 위한 수면 동화

일러두기

- 맞춤법과 띄어쓰기는 국립국어원의 표기법을 따르는 것을 기본으로 하되,
  일부 의성어와 의태어는 저자가 의도한 느낌을 살리는 방향으로 표기했습니다.
- 본문에 들어간 각주는 모두 역자주입니다.

당신의 불면증을 잠재워줄

열 편의 이야기

어른을 위한 수면 동화

이타르 아델 지음
박여명 옮김

가나다

2016년 마음챙김 명상 앱 '마보'를 런칭하고 지금까지 마보 이용자들이 가장 많이 들은 재생수 1위 콘텐츠는 바로 '[수면] 잠들기 전 이완 바디스캔' 명상이다. 특히 일요일에서 월요일로 넘어가는 새벽에 사용량이 폭증하는 걸 보면 많은 이들이 다음날 회사나 학교에 갈 것을 걱정하며 뒤척이는 것 같아 안타까운 마음이 든다.

어른이 될수록 불면의 밤이 늘어나는 것은 우리 어깨에 짊어진 삶의 무게가 점점 더 무거워지는 것과 관련이 있으리라. 우리의 마음이 과거에 대한 후회와 미래에 대한 계

4

획, 걱정, 불안에 사로잡힐 때, 생각은 꼬리에 꼬리를 물고 이어지고, 야속하게도 정신은 더욱 또렷해지기 마련이다.

하지만 우리에게도 그런 어린 시절이 있었다. 잠자리에서 부모님이 책을 읽어주시면, 빨리 재우려는 부모님의 의도(?)와는 상관없이 이야기가 더 듣고 싶어 졸음과 싸우던 어린 시절 말이다. 속절없이 감기던 눈꺼풀을 치켜뜨며 계속 책을 읽어달라고 조르다 보면 어느새 까무룩 잠에 빠져 아침이 왔고, 어젯밤에 들었던 이야기의 뒷부분이 궁금해 밤이 오기를 기다리기도 했다.

이타르 아델의 『어른을 위한 수면 동화』를 읽으며 어린 시절 늘 덮고 잤던 애착 이불을 떠올렸다. 그 이불 속으로 들어가 내가 좋아하는 이불 냄새를 맡으며 발가락을 꼬물거리다 보면 어느샌가 스르르 잠에 빠져들었었다. 이불 속에서 나는 몸의 힘을 빼고 누워 내일 일어날 멋질 일들에 대해 생각하곤 했었다. 고민이나 걱정은 별로 도움이 되지 않는다는 걸 오히려 어린 시절의 나는 알고 있었던 셈이다.

이 책을 읽는 동안 우리는 자연스레 각 이야기 속 주인공들의 '지금 이 순간'을 만난다. 그것을 경험하는 곳은 할머니를 만나러 가는 기차 안일 수도, 애리조나 사막일 수도, 자신의 집일 수도 있다. 주인공들은 '지금 이 순간'에 일어나는 일에 충분히 마음챙김하며 그 순간을 음미한다. 그리고 과거에 대한 후회, 미래에 대한 고민이나 걱정 대신 '지금(Present)'이 주는 '선물(Present)'을 받는다. 그 선물 중 하나는 우리의 몸과 마음이 충분히 이완되어 편안해진다는 것, 그리고 하루 종일 긴장한 우리의 몸을 달콤한 잠으로 이끈다는 것이다.

『어른을 위한 수면 동화』라는 제목답게 이 책의 가장 큰 장점은 책을 읽다 '까무룩' 잠에 빠져들 수 있도록 돕는다는 거다. 만약 잠자리에 누워 스마트폰을 만지작거리는 밤을 보내고 있다면 이제 스마트폰 대신 이 책을 쥐어볼 것을 권한다. 주인공들과 함께 여행을 떠나는 기분으로 말이다. 그러다 보면 정말로 주인공들과 함께 달콤한 꿈

속에서 세계 곳곳을 여행할 수 있을지도 모를 일이다. 그리고 그 달콤한 잠의 끝에는 활기차고 개운한 아침이 당신을 기다리고 있을 것이다.

유정은
(명상 앱 마보, 위즈덤 2.0 코리아 대표)

어른이 된 우리가 잃어버린 것들

돌이켜보면 어렸을 때는 모든 게 쉬웠던 것 같다. 잠을 자다는 것도 그랬다. 매일 저녁, 포근한 이불을 덮고 따뜻한 침대에 누워 있노라면 부모님이 곁에 앉아 책을 읽어주셨다. 속상한 하루를 보냈대도 괜찮았다. 책 읽는 소리와 함께 잠시 후 우리는 피곤한 눈꺼풀을 이기지 못하고 꿈나라로 여행을 떠났으니까.

그런데 지금, 어른이 된 우리는 어떠한가? 여전히 우리의 삶에는 속상한 일이 많다. 더하면 더했지, 결코 덜하지 않다. 우리는 서두름을 키워드로 하는 거대한 네트워크의 시대를 살고 있고, 자기 자신과 가족을 지켜야 한다는 책임감은 우리의 어깨를 무겁게 짓누른다. 밤이 되고, 자야 할 시간이 되어 침대에 누워도 멈추지 않고 끊임없이 돌아가는 생각의 쳇바퀴는 우리를 쉽게 잠들지 못하고 뒤척이게 한다. 그 결과로 나타나는 것이 바로 '불안정'하고 '불충분'한 수면이다.

완전한 휴식을 취한 뒤 활기차게 시작하는 하루가 얼마나 좋은지를 모르는 사람은 없다. 다만 건강한 수면을 위해서는 좋은 수면 의식이 필요하다는 것을 잊어버린 사람은 꽤 많은 듯하다. 어린아이들에게는 물론이고, 성인이 된 우리에게도 여전히 유효하다는 사실을 말이다.

그래서 나는 어른들을 위한 수면 동화를 쓰기로 결심했다. 어린 시절 부모님이 해주셨던 것처럼, 잠이 들기 전 자기 자신을 위해 시간과 마음을 내어 읽어내려갈 수 있도록 말이다.

이제부터 새로운 수면 습관을 만들어가는 이 여정에 여

러분을 초대하고자 한다. 먼저 편한 옷으로 갈아입고, 침대에 눕자. 의식적으로 우리에게 주어진 모든 의무를 뒤로 미루고, 다른 세상으로 들어가는 것이다.

지금부터 만나게 될 열 편의 이야기는 휴식의 시간을 다루고 있다. 우리가 살아가는 일상은 지금도 이미 긴장감으로 가득 차 있기 때문에 이를 풀어줄 필요가 있다. 열 편의 이야기에 온전히 빠져들 수 있도록 시간의 여유를 둘 것을 권한다.

열 편의 이야기의 끝에는 편안한 휴식을 위한 수면 의식을 구성하는 데 도움이 될 만한 몇 가지 팁과 요령을 정리해놓았다. 이야기를 읽기 전에 그 부분을 먼저 참고해도 좋다.

잠자리 독서가 수면 시간을 알리는 신호라는 것을 우리의 뇌가 인식하기까지는 며칠 정도 시간이 걸릴 수 있다. 열 편의 이야기 중 특히나 마음에 드는 이야기가 있을 수도 있다. 매번 같은 부분을 소리 내어 읽거나, 조용히 눈으로만 반복해 읽어도 좋다. 잠자리 독서에서는 끊임없이 새로운 것을 추구해 긴장감을 유발하는 행위가 중요하지 않기 때문이다. 오히려 매일 밤 반복해서 읽던 이야기가 수면의 연결고리가 되어 편안히 잠을 이룰 수 있게 된 사례가 많다.

우리가 잘 알고 있던, 어린 시절의 수면 의식을 지금 우리의 인생에 다시 초대해보는 건 어떨까. 그 의식을 통해 마음에 안정감을 가득 채운 채 깊은 잠에 빠져들었던 그 근사한 기분을 즐겨보는 거다.

부디 이 책이 당신에게 편안한 휴식을 선물할 수 있기를 바란다.

이타르 아델

(차례)

밤 기차

치익치익, 짙은 파란색의 낡은 기차가 플랫폼으로 들어온다. 이를 바라보는 레나의 마음에도 서서히 행복이라는 감정이 차오르기 시작했다.

　이번 여행의 목적지는 할머니의 별장이다. 레나는 이 기차의 노선이 얼마나 아름다운 풍경을 지나는지를 그 누구보다 잘 알고 있다. 저녁으로 이어지는 남은 오후 시간과 까만 밤을 지나 이른 아침 개운하게 눈을 뜨면 기차는 어느새 종점에 도착해 있을 것이다. 어린 시절 해마다 찾곤 했던, 바다를 끼고 있는 자그마한 휴양 마을에.

역에 들어선 기차는 정확히 레나가 예약해둔 차량번호 앞에 멈춰 섰다. 문이 자동으로 열리고, 레나는 설레는 마음으로 기차에 오른다. 레나에게는 익숙한 공간이다.

낡고 아기자기한 기차의 내부는 오래된 영화에서 본 것과 꼭 같은 모습이다. 따뜻한 조명이 적당한 조도로 객실을 비추고, 저 멀리 지고 있는 석양이 창문 틈 사이로 새어 들어왔다. 아직은 서늘하게 느껴지는 이른 여름의 저녁도 기차 안에서만큼은 적당히 따스하고, 적당히 평온하다.

몇 미터를 걸어 들어가자 빈 객실이 보인다. 예약해두었던 좌석번호를 발견한 레나는 객실로 들어가 창가에 앉은 다음, 편안한 마음으로 주변을 살핀다. 이어 작은 트렁크를 바닥에 내려놓은 후 비어 있는 옆 좌석의 자줏빛 시트를 손으로 만져본다. 좌석은 충분히 넓었고, 레나는 앉은 자리에서 편안함을 느낀다.

객실 바닥에 깔린, 소나무의 색과 비슷한 짙은 녹색의 카펫은 객실에 쾌적하고 아늑한 분위기를 더하고, 마호가

16

[아름을 위한 수면 영화]

니 목재로 마감된 벽면은 고상함을 자아낸다. 석양이 쏟아져 들어오는 커다란 창문의 양쪽에는 짙은 갈색의 패브릭 커튼이 달려 있는데, 레나로서는 반가운 일이다. 커튼을 닫으면 숙면에 도움이 될 정도로 객실이 충분히 어두워질 것이기 때문이다.

레나는 바닥에 내려두었던 트렁크 가방을 짐칸으로 옮긴 다음 다시 자리에 앉는다. 주변에서 문이 닫히는 소리가 들리는가 하더니 곧 기차가 서서히 속도를 내기 시작한다.

몇 분 뒤, 얼굴에 친절한 미소를 띤 여자 검표원이 객실로 들어온다. 레나에게 다정하게 인사를 건넨 검표원은 레나의 기차표를 확인한 다음, 이 기차는 중간에 정차하지 않고 종점까지 직행할 예정이라는 설명을 덧붙인다.

여러 차례 이 기차를 타고 여행한 적이 있는 레나로서는 이미 알고 있는 정보였다. 사실 그것은 레나가 이 기차를 사랑하는 이유이기도 했다. 레나는 미소를 머금은 채 감사의 인사를 전하고, 남은 저녁과 밤 시간을 즐겁게 보내시라는 말도 덧붙인다.

검표원이 나간 뒤, 레나는 핸드폰의 전원을 끈 후 트렁크에 넣는다. 오늘은 더 이상 핸드폰을 사용할 일이 없을 뿐만 아니라 이렇게 해야 기차 여행을 온전히 즐길 수 있다는 것을 그 누구보다도 잘 알기 때문이다.

바쁘고 힘들었던 일주일을 보낸 뒤 마침내 맞이한 저녁이다. 자신을 기쁘게 하는 이 순간 앞에 감사한 마음이 차오른다. 오늘 저녁, 그녀는 이 기차 여행에서 온전한 휴식과 평온을 누리게 될 것이다. 레나는 좌석 등받이에 몸을 기댄 채 깊게 숨을 들이마시고, 이어 천천히 호흡을 내뱉으며 내면을 가득 채우고 있던 긴장감을 털어낸다.

부드러운 담요와 푹신한 베개는 레나가 기차 여행을 할 때마다 빼놓지 않고 챙겨오는 준비물이다. 넓은 좌석에 앉아 있는 동안 레나의 안락한 휴식을 도와줄 물건들이다. 레나는 머리 뒤에 베개를 받친 뒤 담요를 펴 몸 전체

18

를 덮는다. 갓 세탁을 마친 듯 깨끗한 냄새를 머금은 담요
는 부드럽고 따뜻하다. 레나는 편하게 몸을 누인 채 고개
를 돌려 창밖을 내다본다. 그녀의 눈앞에서 세상이 빠르
게 스쳐 지나간다.

어느새 도심을 벗어난 기차는 수 킬로미터에 이르는 밀
밭을 달린다. 저 멀리 지평선에는 광활하게 우거진 침엽
수림이 보이고, 지평선 아래로 서서히 얼굴을 감추기 시
작한 태양이 마지막 힘을 다해 토해낸 한 줄기 빛은 숲 전
체를 금빛 베일로 물들이고 있다.

더 먼 곳으로 시야를 돌리자, 파노라마처럼 펼쳐진 광
활한 산맥이 보인다. 숲에 사는 나무들의 배경인 듯 미동
도 없이 조용히 서 있는 산의 정상에는 여전히 녹지 않은
채 쌓여 있는 눈이 희미하게나마 보인다. 탁한 푸른 빛 하
늘에서는 마치 바다의 파도처럼 구름이 일렁거린다.

밀밭을 지나자 작고 고요한 호수가 모습을 드러낸다.

호수의 가장자리로는 풍성한 수관[☾]을 가진 키 큰 수양버들이 잔잔한 바람 속에 긴 가지를 떨구고 있다. 이따금 고개를 떨군 가지들이 가볍게 수면을 간질이는 모습도 보인다.

어둑해지는 저녁 하늘의 푸른빛이 수면 위에 내려앉는다. 저녁의 태양이 만들어낸 붉은 일몰이 호수 위에 반짝이고, 부드러운 바람이 수면에 닿을 때마다 작은 파도가 일렁인다. 호수는 금빛으로 물들고, 호수의 한편에 조용히 서 있는 나무들 위로 노을이 내려앉는다.

호수 주변으로는 갈대 줄기들이 드문드문 거칠게 솟아 있다. 근처에는 갈색과 회색 털로 뒤섞인 오리 몇 마리가 노란 주둥이를 부지런히 그러나 태연하게 수면 아래로 넣었다 빼기를 반복하며 먹이를 찾고 있고, 엄마 아빠를 따라 하느라 분주한 아기 오리들이 그 뒤를 좇고 있다. 먹이를 찾는 데에는 관심이 없는 듯 유유자적하게 물 위를 유

☾ '나무가 쓰고 있는 갓'이라는 뜻으로, 나무의 가지와 잎이 달려 있는 부분을 가리킨다.

영하는 오리들도 있다. 이들은 고개를 깃털에 파묻은 채 눈을 감고 하루의 마지막 햇살이 선물하는 온기를 온몸으로 즐기고 있는 듯하다.

기차가 느린 속도로 달리며 천천히 오리 떼를 지나치자 레나는 고개를 돌려 잠든 오리들을 바라본다. 휴식을 취하고 있는 오리들에게서 평온함과 여유가 느껴진다. 바로 지금, 기차 안에서 레나가 느끼고 있는 것과 꼭 같은 감정일 것이다.

레나는 내면의 소리에 귀를 기울인다. 가슴 부근에서 안정감이 느껴진다. 오랫동안 느끼지 못했던 감정이다. 레나는 배 위에 덮어둔 담요가 호흡을 들이마실 때 서서히 부풀어 올랐다가 내쉬는 숨과 함께 천천히 가라앉는 것을 느낀다. 오르락내리락, 오르락내리락. 레나의 호흡과 함께 담요가 부드럽게 움직인다.

담요 안에서 퍼지는 따스한 온기와 깊은 만족감이 레나를 사로잡는다. 이 온전한 치유의 순간을 누리기 위해 레나는 현재의 감정 속으로 더 깊이 빠져든다.

레나는 이제 가방에서 은색 보온 포트를 꺼낸다. 잠자리에 들기 전 꼭 마시곤 하는 차를 기차 여행을 위해 챙겨온 것이다. 포트를 열자 뜨거운 차에서 증기가 피어오르며 객실을 기분 좋은 라벤더 향으로 가득 채운다.

컵에 차를 따른 레나는 천천히 한 모금을 즐긴다. 좋아하는 라벤더 차의 맛이 고스란히 느껴진다. 따뜻한 차는 먼저 레나의 목을 데운 다음, 배를 데우고, 얼마 지나지 않아 몸 전체를 따뜻한 기운으로 가득 채운다. 거의 매일 저녁 침대에 들어가기 전에 마시는 라벤더 차 덕분이었을까. 레나는 기차 안에서도 마치 집에 있는 것 같은 익숙함과 안락함을 느낀다.

다시 레나의 시선이 기차 밖으로 향한다. 기차가 작은 호수를 지나자 레나의 눈앞에 파노라마 같은 장면이 펼쳐진다. 얕게 깔린 짙은 녹색의 드넓은 들판이 수 킬로미터 멀리까지 뻗어나가고 있었다.

곡선 구간에 진입한 기차가 속도를 줄이자, 레나에게는 들판을 세세하게 감상할 수 있는 시간이 주어진다.

고르지 못한 토양 위로 거친 잔디가 자라난 들판 곳곳에는 데이지와 쐐기풀, 민들레가 저마다 무리를 이루고 있다. 어느새 하얗고 동그란 솜털 머리의 꽃자리가 된 민들레는 바람결에 가볍게 흩날린다.

조금 더 자세히 들판을 들여다보던 레나의 눈에 깡총깡총 뛰어가는 산토끼 한 마리가 들어온다. 갈색 털의 끝자락은 검은색이고, 집토끼보다 길어 보이는 숟가락 모양의 귀도 끝자락만 검은색으로 물들어 있다. 엉덩이 끝에 바짝 달린 하얗고 동그란 꼬리가 푹신해 보인다.

그 순간, 토끼가 가던 길을 멈추더니 입을 오물거리며 잔디를 맛있게 먹기 시작한다. 그 누구의 방해도 없는, 자유로운 동물들을 지켜보는 일은 그 자체만으로도 치유의 행위이다.

토끼는 다시 뛰어가고, 이내 작은 수풀 너머로 몸을 숨긴다. 수풀 위로 빼꼼히 솟은 토끼의 귀가 보이는가 하더니 잠시 후 완전히 자취를 감춰버린다.

그 사이 창밖으로 어둠이 더 짙게 깔렸다. 창문 너머로 짙은 주홍빛의 바깥세상을 보며 레나는 태양이 어느새 낮게 내려앉았음을 알 수 있었다. 짙은 녹색의 들판 위로 태양이 쏟아지고, 이내 짙은 주황의 빛이 가물거리며 들판을 물들인다. 잠시 레나는 일몰의 순간에 빠져들어 그 장면을 원 없이 두 눈에 담는다.

몽상에 빠져 있는 듯한 레나의 시선이 다시 한번 들판으로 향한다. 잔디 사이로 보랏빛 점이 군데군데 찍혀 있는 듯하더니, 곧 라벤더가 모습을 드러낸다. 기차가 달리면 달릴수록 더 많은 라벤더가 들판을 정복한다. 더 짙게, 더 짙게. 어느새 들판은 라벤더로 뒤덮였고, 마치 보랏빛 카펫이 깔린 듯 가로 면과 세로 면이 완벽한 대칭을 이루었다. 저녁의 태양 아래 라벤더의 보랏빛은 그 어느 때보다도 따스해 보인다.

24

라벤더 들판 너머로 작은 언덕이 보인다. 언덕 위에는 열 채 정도의 집이 저마다 다른 방향을 향한 채로 언덕의 끝자락에서부터 정상까지 저마다 다른 높이를 한 채 다닥다닥 붙어 서 있다. 파스텔 분홍색으로 페인트를 칠한 집들은 전면이며 현관문이며 지붕까지 하나같이 분홍빛을 뽐내는 중이다.

집들 사이로는 체리 나무가 보인다. 수관에 분홍색과 흰색 꽃이 한가득 피어 있는 체리 나무는 멀리서 보면 솜사탕 같기도 하다. 석양이 집을 비추어 마을 전체에 따뜻한 분위기를 자아낸다. 언덕의 끝자락에 라벤더밭을 품고 있는 마을이라 엽서에 담아도 좋을 것 같은 낭만적인 풍경이다.

거리가 멀리 떨어진 탓인지 인적은 보이지 않는다. 꿈속에서나 볼 수 있을 것 같은 이런 마을에는 어떤 사람들이 살고 있는 걸까. 레나는 궁금해졌다. 분명 라벤더밭을 가꾸는 농사꾼들도 몇 명쯤은 포함되어 있으리라. 이런 곳에 사는 사람들이라면 뛰어난 미적감각을 가졌으리라는 생각도 든다. 자신들이 얼마나 조화로운 풍경을 가진 마을에 살고 있는지, 주민들은 분명 알고 있을 것이다. 레나의 얼굴에 미소가 번진다. 한 편의 동화와도 같은 무대 배경을 두고 사는 이들이 그 가치를 모를 리 없다.

그 사이 저녁 하늘이 색을 바꾸었다. 금방이라도 내려갈 것 같은 태양이 마지막 힘을 다해 타오르며 마을과 들판을 붉게 물들인다. 대기가 요동치며 일렁인다. 태양이 일으킨 소요는 흡사 프랑스 인상주의파 화가들의 작품을 연상시킨다.

레나는 눈앞의 풍경을 바라보며 깊이 숨을 들이마시고, 순간 창밖으로 보이는 것들과 자신이 하나가 된 것 같은 느낌에 사로잡힌다. 달리는 기차 안에 앉아 있다는 사실을 까맣게 잊어버리는 순간이다. 어느새 레나는 라벤더밭을 품은 아름다운 마을과 일체감을 느낀다. 불과 몇 초에 지나지 않지만 레나에게 그것은 찰나의 영원과도 같다.

몇 차례 눈을 깜박이는 사이, 붉게 타오르던 빛의 소란은 잠잠해지고, 마지막 태양 빛이 자취를 감추며 은은하게 빛나는 붉은 베일을 하늘에 덧씌운다. 베일은 여전히 온기를 머금고 있고, 마을은 그 베일 아래서 희미하게 모습을 드러낸다. 불을 켠 몇몇 집의 창틈으로 불빛이 새어 나오고, 길을 따라 선 가로등들은 희미한 빛을 만들어낸다. 라벤더밭의 보랏빛에 서늘한 기운이 더해진다. 해가 지며 바깥 기온이 떨어진 것 같다. 하지만 집 안에 있는 사람들은 따뜻하고 편안하겠지, 라고 레나는 생각한다. 지금 객실 안에 앉아 있는 자신이 그러한 것처럼.

라벤더 마을을 지나자 드넓은 들판이 펼쳐진다. 레나는 온몸을 편안하게 이완한 채 반대편 좌석으로 시선을 돌린다. 이 순간 객실은, 창문 앞에서 자연이 저녁의 연극을 펼치고 있는 레나의 작은 집이다. 레나는 편안하고 또 그 어느 때보다도 평안하다.

이제 레나는 잘 준비를 하기 시작한다. 샤워를 하기 위해 가방을 찾아 오른쪽 어깨에 걸친 다음, 객실을 나선다.

샤워실로 향하던 레나의 시선은 다른 객실의 유리문에 잠시 멈춘다. 닫힌 유리문 너머로 다른 객실의 모습을 볼 수 있기 때문이다.

엄마로 보이는 한 젊은 여성이 어린아이를 무릎에 앉힌 채 자리에 앉아 있는 모습이 보인다. 사내아이는 엄마의 팔에 기댄 채 곤히 잠들어 있다. 엄마는 아이를 좌우로 가볍게 흔들며 아이의 이마에 부드럽게 입을 맞춘다.

또 다른 객실에서는 나이가 많은 한 여자와 남자가 서로를 마주 본 채 앉아 있다. 두 사람 모두 담요를 덮고 있는데, 남자는 눈을 감고 있는 것으로 보아 이미 잠이 든 것 같다. 책을 든 두 손을 배 위에 얹고 있는데, 아마도 책을 읽다가 잠이 든 모양이다.

여자는 독서용 안경을 쓴 채, 알맞게 조정해놓은 조도 아래에서 갈색 양장본의 두꺼운 책을 읽고 있다. 무슨 책인지는 알 수 없지만, 여자가 매우 집중한 듯한 표정으로 한 줄 한 줄 책의 문장을 따라 시선을 옮기고 있는 것으로 보아 아주 재미있는 책일 것 같다.

28

그들을 보며 레나는 할머니와 할아버지를 떠올렸다. 생각만으로도 따스함과 사랑의 감정이 레나를 감싸 안는 느낌이다. 오래전, 레나는 할머니, 할아버지와 이 기차를 타고 여행을 할 때가 많았다. 그때마다 할머니의 품 안에서 책을 읽다 잠이 들어버렸던 어린 시절의 기억이 떠올랐다.

샤워를 마친 후, 레나는 다시 객실로 향한다. 돌아가는 길에 레나는 나이 든 여자가 앉아 있던 객실로 한 번 더 시선을 돌린다. 그 사이 여자도 잠이 들었다. '생각보다 책이 재미있지는 않았나 보네'라고 생각하는 레나의 얼굴에 옅은 미소가 번진다.

어린 사내아이를 안고 있던 젊은 엄마도 어느새 잠이 든 모양이다. 아이는 편안한 자세로 엄마 품에 안겨 있고, 엄마는 그런 아이와 자신의 몸을 포근한 담요로 덮어두었다. 아주 잠깐, 레나는 조용히 서서 이 평화로운 장면을 눈에 담는다.

객실에 도착하자 조금 전 본 이들의 모습처럼 편안하게

자리를 잡고 휴식을 취하고 싶은 마음이 레나를 사로잡는다. 레나는 부드러운 의자 위에 무거운 몸을 내려놓은 뒤 깊은 수면을 위해 가장 편안한 자세를 찾는다. 레나의 시선이 한 번 더 창밖으로 향한다.

밖에는 어느새 어둠이 드리워져 있다. 기차는 여전히 드넓은 들판을 달리는 중이다. 태양이 모습을 감춘 지평선 위로는 붉은빛을 머금은 뭉게구름만이 곳곳에서 가물거릴 뿐이다. 파랗던 하늘은 창백하게 바래어져 있다.

저 멀리 키가 크고 늘씬한 기둥이 보인다. 잠시 후, 레나는 들판 위로 비스듬히 서 있는 이 기둥들이 풍차라는 것을 알아차린다. 풍차는 우아한 자태로 하늘을 향해 솟아 있고, 균형감 있는 원을 그리며 유연하게 날개를 돌리고 있다. 조명이 꺼진 저녁 하늘 아래 풍차의 실루엣만이 희미하게 모습을 드러낸다.

호기심이 생긴 레나는 풍차를 세기 시작한다.

하나, 둘, 셋, 넷, 다섯, 여섯, 일곱, 여덟, 아홉, 열.

열 대의 풍차를 지나치자 또 다른 풍차들이 무리를 지어 나타난다. 레나는 다시 숫자를 세기 시작한다. 이번에는 조금 더 천천히.

하나…, 둘…, 셋…, 넷…, 다섯…, 여섯…, 일곱…, 여덟…, 아홉…, 열….

이제 풍차들이 점차 사라지고 있다. 멀리, 더 멀리.

그사이 완전한 어둠이 내려앉았다. 레나의 눈에 보이는 것은 숲에 자라난 나무의 꼭대기가 만들어놓은 까만 실루엣뿐이다. 레나의 눈꺼풀이 점점 무거워진다.

레나는 객실을 한 번 둘러본 뒤 아직 온기가 남은 차 한 모금을 마시고, 아주 천천히 눈을 감는다. 먼저 깊게 숨을 들이마시고, 이어 편안하게 숨을 내뱉는다. 그런 다음 의자에 더 깊숙하게 기대어 앉는다. 몸 전체에 편안하고 따스한 보호의 기운이, 휴식의 감정이 퍼져나간다. 이 편안한 잠자리는 오늘 밤 레나를 지켜줄 것이다. 레나는 마치 의자가 자신을 따뜻하게 안아주고 있는 것 같다는 생각을 한다.

기차는 여유롭게 달리고 있다. 달리는 기차에서 느껴지는 약간의 흔들림이 마치 해먹 위에 누워 즐기는 가벼운 흔들림처럼 레나에게 안정감을 준다. 레나는 나른함을 느낀다. 그리고 마음에 안정을 주는, 약하게 반복되는 기차의 소리에 깊이 빠져든다. 기차는 천천히, 리듬감 있게 달린다. 낡은 기차의 바퀴가 선로 위를 미끄러지며 소리를 내고 있다. 레나에게는 익숙하고 편안한 소리다.

레나는 기차가 내는 소리에 맞춰 박자를 센다.

하나…, 둘…, 셋…, 넷…, 다섯…, 여섯…, 일곱…, 여덟…, 아홉…, 열….

열까지 센 레나는 처음으로 돌아가 다시 한번 숫자를 읊는다.

하나…, 둘…, 셋…, 넷…, 다섯…, 여섯…, 일곱…, 여덟…, 아홉…, 열….

어느새 레나는 기차의 박자 소리에 맞춰 호흡을 한다. 레나의 호흡이 만들어내는 리듬과 함께 그녀의 의식은 아

득한 낙원으로 사라지고 있다. 어느덧 레나는 깊고 편안
한 잠에 빠져든다.

　다음 날 아침, 잠에서 깨어난 레나의 몸은 그 어느 때보
다도 가볍다. 이제 기차는 역으로 들어선다. 저기, 할머니
가 쓰고 있는 밀짚모자가 보인다. 할머니는 벌써부터 기
차역에 나와 레나를 애타게 기다리고 있었다.

북극의 빛

내 곁에는 리아가 있고, 우리는 한 폭의 그림 같은 라플란드의 겨울 풍경을 바라보고 있다.

이제 막 솟아오른 태양은 가문비나무와 구주소나무의 실루엣 사이로 일렁이듯 부드럽게 춤을 춘다. 우리 앞에는 눈으로 뒤덮인 풍경이 펼쳐져 있고, 피부에 닿는 공기는 오싹할 정도로 차갑고 건조하다. 아주 작은 소음 하나도 들리지 않는 고요가 공간을 지배하고 있다. 켜켜이 쌓인 눈이 자연이 내는 모든 소리를 둔탁하게 만드는 것 같기도 하다. 지금 이 순간, 우리 귀에 들리는 것이라고는 아침 햇살에 반짝이는 눈길 위로 세차게 발을 내디딜 때마다 나는 뽀드득뽀드득 소리뿐이다.

전날 저녁 라플란드에 도착한 우리는 극권˘의 북쪽에 위치한 작은 마을에서 첫 번째 밤을 보냈다. 벽난로와 고풍스러운 카펫, 쿠션으로 꾸며진 안락한 나무 오두막이 우리의 숙소였다.

여행의 첫날을 주변을 한 번 둘러보는 탐색의 날로 정한 우리는 해가 늦게 뜨는 이곳 겨울의 특성 덕분에 충분한 수면을 취한 뒤 잠에서 깨어났고, 아침 식사를 배불리 즐긴 뒤 느긋한 마음으로 일출을 기다렸다.

우리는 가지고 있는 것 중에서도 가장 따뜻한 겨울옷을 찾아 입었다. 따뜻한 방한 슈트에 털 부츠와 장갑, 모자를 더하고, 목도리를 두르는 것도 잊지 않았다. 신체 부위 중 차가운 공기가 닿는 부분은 얼굴이 유일하다. 얼굴에는

˘ 위도 66도 33분 이상의 고위도 지역. 하루 이상 백야 현상이 나타나는 지방의 경계선이다.

콜드크림을 발랐다. 온기가 빠져나가지 않도록 피부에 막을 씌워주어 저체온증에 빠지는 것으로부터 나를 보호해줄 것이다.

단단히 무장한 덕분이었을까. 나는 몸을 따뜻하게 유지한 채로 내 뺨에 닿는 북극의 차가운 공기를 즐기고 있다.

이곳은 몇 년 전, 리아가 여행을 왔던 장소이기도 하다. 당시의 경험을 통해 이 마을을 잘 알게 된 리아는 이 근처에 나에게 꼭 소개하고 싶은 카페가 있다고 했다.

카페에 가기 위해 우리는 하이킹 지팡이를 들고 길을 나선다. 사람들의 발길이 닿아 어느새 눈길은 평편하게 다져진 상태다. 우리는 새하얀 눈가루로 뒤덮인 가문비나무들과 바람을 타고 한쪽에 쌓인 채 아침 햇살 아래 반짝이고 있는 눈 더미를 지나간다. 모든 것이 두꺼운 옷을 입고 있는 것 같은 풍경이다. 온통 새하얗게 뒤덮인 풍경과 둔탁한 소리, 방한 슈트로 몸을 감싸 안은 우리 두 사람까지, 마치 솜에 쌓여 있는 것 같은 느낌이다.

고드름이 달린 나무도 보인다. 이따금 짙은 녹색의 수풀이 새하얀 세상 속에 빼꼼, 하고 얼굴을 드러내기도 한다. 목가적인 겨울의 풍경에 우리는 완전히 매료되어버렸다. 우리는 대부분의 시간을 그렇게 조화롭게, 그러나 아무런 말 없이 걷고 또 걸었다.

숨 막히게 아름다운 자연 앞에 말문이 막히는 것은 인간의 본능이 아닐까. 우리는 조용히 우리 앞에 펼쳐진 풍광을 마주하고, 말 한 마디 섞지 않은 채 감상할 뿐이다. 홀로, 그러나 어쩐지 함께인 듯한 느낌으로.

잠시 후, 나무도 그 어떤 식물도 보이지 않는 지대가 우리 두 사람의 눈앞에 펼쳐졌다. 평탄한 지대 위를 빈틈없이 덮은 흰 눈이 햇살 아래 반짝인다. 그 지대는 수 킬로미터 멀리까지 이르는 듯한데, 침엽수 몇 그루만이 울타리처럼 그 주변을 둘러싸고 있을 뿐이다. 우리가 서 있는 곳은 꽁꽁 얼어붙은 호수 앞이다.

태양은 여전히 낮게 깔린 채로 구름이 살짝 끼어 있는

하늘을 옅은 금빛으로 물들였다. 겨울이면 이곳의 태양은 하루 종일 지평선 아래 깊숙한 곳에 걸려 있다고 한다. 하늘의 색이 그대로 반사된 눈밭도 어느새 금빛 미광으로 뒤덮였다. 저 멀리 침엽수 너머로는 길게 이어진 산맥 가운데 높이 솟아오른 정상의 윤곽이 보인다. 숲의 가장자리에서 모습을 드러낸 한 남자가 얼어붙은 호수 위로 킥슬레드◟를 타고 지나간다.

반짝이는 얼음 호숫가를 따라 몇백 미터 정도를 걸어간 끝에 우리는 호수를 바로 앞에 두고 있는 나무 오두막에 도착한다. 빨간색으로 페인트를 칠해놓은 전면에 흰색 창틀이 돋보이는 나무 오두막의 지붕 위에는 흰 눈이 잔뜩 쌓여 있었는데, 이 집을 본 순간 나는 렙쿠헨★으로 만든 과자 집을 떠올렸다. 왠지 모르게 포근한 분위기를 자아

◟ 선 채로 발로 차서 타는 썰매. 눈과 얼음으로 덮인 지역을 이동하기 위해 노르딕 지역민들이 만들어낸 눈썰매의 일종이다.
★ 견과류와 향신료를 넣고 반죽해서 구운 독일식 진저브레드(생강으로 향을 낸 빵)로, 주로 크리스마스에 먹는다.

내는 이 나무집이 바로 지난 여행에서 리아가 발견한 카페다. 그 이후로도 내내 이곳을 그리워했던 리아는 오늘 아침 내게 이 카페를 소개할 수 있다는 사실에 잔뜩 들떠 있었다.

카페에 들어서자 시나몬의 달콤한 향과 시큼한 커피의 향이 우리를 맞이한다. 타일로 만든 난로에서는 장작이 타닥타닥 기분 좋은 소리를 내며 타들어가고 있다. 실내를 가득 채운 따스한 온기에 우리는 겉옷을 벗는다.

카페 구석구석 정성이 들어가지 않은 곳이 없어 보인다. 카페 안에서는 햇살에 반짝이는 호수를 내다볼 수도 있다. 창문 바로 앞에 놓인 작은 나무 테이블에는 두 사람이 마주 보고 앉을 수 있는 벤치가 놓여 있다. 잡지를 읽고 있던 중년의 여자를 제외하면, 카페 안에 손님은 우리 두 사람뿐이다. 여자는 잠깐 시선을 들어 미소 띤 얼굴로 우리에게 인사를 건넨 다음, 다시 잡지로 눈을 돌린다.

카페 내부 공간은 그리 크지 않지만 꽤나 화려하다. 벽면에는 다양한 크기와 형태의 나무 액자들이 여기저기에 걸려 있는데, 그중에는 카페를 다녀간 사람들의 사진도, 풍경이나 동물을 그린 그림도 있다. 천장 바로 아래쪽에 달린 폭이 좁은 벽 선반 위에는 자그마한 찻주전자들과 도자기로 만들어진 조각품, 나무 인형, 책, 짚으로 만들어진 미니어처들이 장식되어 있다. 카페 구석 공간의 천장 고리에는 바이올린 한 대와 아코디언, 발트호른⌣이 매달려 있다. 하나같이 나에게 향수를 불러일으키는 물건들이다. 이들의 조합은 이따금 방문하던 할머니 집에 대한 기억을 되살린다. 아니, 어쩌면 그것은 골동품에 대한 기억인 것 같기도 하다.

이곳은 인생의 소소하고 아름다운 것들이 소중하게 여김을 받는 곳, 어느 순간부터 시간이 멈춰버린 곳인 듯 보인다. 내가 이곳에 있다는 사실이 행복하게, 또 평안하게

⌣ 밸브가 없는 호른으로, 내추럴 호른이라고 불리기도 한다.

느껴지는 순간이다.

입구를 마주 보고 있는 반대편 공간에는 바 형태의 카운터가 있고, 그 뒤로 작은 주방이 보인다.

"어서 오세요!"

카운터 앞에 서 있던 젊은 여자가 친절하게 손을 흔들며 인사를 건넨다. 주문을 마친 우리에게 여자는 잠시 후 카운터 너머로 따뜻한 커피와 시나몬 번을 건네준다. 원한다면 얼마든지 커피를 더 줄 수 있다는 말도 덧붙였는데, 이 마을에서는 그렇게 하는 것이 흔한 일이란다. 작은 마음이지만, 우리로서는 커다란 환대를 받는 느낌이다.

우리는 창문 바로 앞에 놓인 나무 테이블 하나를 골라 앉는다. 자리에서 내다보이는 호수의 전망은 무어라 말을 할 수 없을 정도로 아름답다. 우리는 잠시 침묵한다. 시나몬 번은 여전히 따뜻하고, 촉촉하다. 우리 앞에 놓인 커피역시 진하고, 풍미가 좋다. 리아가 그토록 이곳을 소개하고 싶어 했던 이유를 나도 이제는 알 것 같다.

지금 이 순간, 나는 내 인생이라는 무대 위에서 일어나고 있는 모든 일들을 잊을 만큼 평온하다. 지금 나는 지구의 반대편 끝에 있는 작고 안락한 공간 안에 있고, 내가 기꺼이 함께하고 싶은 친구와 같이 있다. 필요한 모든 것이 우리에게 주어졌으며, 눈앞에는 그림 같은 풍경이 펼쳐져 있다.

이 찰나의 순간을 이처럼 선명하게 느낄 수 있다는 사실에 나는 감사한다. 시간이 지날수록 나의 내면은 더욱더 평안해지고 있다.

어느새 오후가 되었다. 하늘이 붉은색으로 물들며 어두움을 드리우기 시작했다. 우리는 오두막으로 돌아갈 채비를 하기 위해 자리에서 일어난다. 숙소를 나설 때처럼 따뜻한 겉옷을 단단히 여미고, 카페에 있는 두 사람과 작별인사를 나눈다.

마지막으로 나는 한 번 더 공간을 둘러본다. 언젠가, 이곳에 꼭 다시 돌아올 수 있기를 바라는 마음을 담아.

카페를 나서자마자 라플란드의 건조한 추위가 우리를 맞이한다. 나는 호흡을 깊이 들이마시며 라플란드의 신선한 공기를 즐긴다. 오랫동안 카페에 앉아 몸을 데운 우리는 이제 다시 눈의 세상을 지나 숙소로 돌아갈 준비가 되었다.

우리는 올 때와 같은 경로를 택했다. 같은 곳임에도 불구하고 붉은 노을에 뒤덮인 풍경은 분명 이전과 전혀 다른 모습이고, 우리에게는 새로운 세상이다. 평소대로라면 고요만이 가득했을 이곳에 힘차게 내딛는 우리 두 사람의 발소리가 탁, 탁, 울려 퍼지며 끊임없이 우리의 길을 동행한다.

숙소로 향하는 우리 눈에, 눈 더미에 주둥이를 박은 채 우물우물 무언가를 씹고 있는 한 무리의 순록이 들어온다. 눈 더미 아래에 잔디가 있을 거라고, 잔디 풀로 허기를 채우고 있는 게 분명하다고, 리아는 말한다.

순록들의 가지 뿔은 저마다 다른 모양이고, 순록의 짧

은 털은 갈색과 회색으로 빛나고 있다.

눈으로 뒤덮인 겨울의 풍경 한가운데서 마주친 순록이라니. 크리스마스를 떠올리게 하는 장면이다. 순록들은 추위에 아랑곳하지 않는 것 같다. 저마다 다양한 조건을 가진 외부 환경에 마침내 적응하고야 마는 생명의 힘이란. 북극에 사는 사람들도 종국에는 추위에 적응했을 것이고, 이러한 조건에서 어떻게 살아가야 하는지를 배웠으리라. 지구상의 그 어떤 곳에서도 살아 있는 생명은 자신들이 살아갈 집을 찾을 것이다. 자신들을 둘러싼 환경을 받아들이는 순간부터 말이다.

우리는 계속해서 발걸음을 옮긴다. 이내 순록의 무리가 시야에서 사라지고, 우리는 다시 석양을 바라본다. 태양이 천천히 하루를 마무리하고 있다.

한참 후, 어둠이 하늘을 막 뒤덮은 순간 오두막에 도착한 우리는 먼저 숙소를 둘러본다. 숙소의 내부는 아직 서늘하다. 리아는 저녁 식사를 준비하기로 하고, 그사이에 나는 거실 벽난로에 불을 피우기로 한다.

안락한 분위기를 자아내는 거실에는 푹신하고 편안한 소파가 커다란 원형 카펫 위에 놓여 있다. 벽난로 옆에 놓인 커다란 바구니 안에는 마른 장작이 가득하다. 주방에서 연어 감자 수프를 준비하는 리아의 모습이 보인다. 연어 감자 수프는 북극의 특식이라고 했다.

벽난로에서 장작이 타닥타닥 소리를 내며 타들어가면서 공간 전체는 금세 온기로 가득 찬다. 리아와 나는 벽난로 앞에 놓인 편안한 소파에 앉아 수프를 먹는다. 따뜻한 음식과 타닥거리며 타오르는 장작은 우리의 몸과 마음 모두를 온기로 가득 채우기에 충분하다. 우리는 두꺼운 외투를 벗고, 바지를 접어 올린 채로 따뜻한 저녁 식사를 즐긴다. 식사를 마친 후에도 우리는 한동안 소파에 앉아 휴식을 취한다.

오두막에는 사우나실이 달려 있다. 오랜 시간 눈길을 걸으며 쌓인 피로를 뜨거운 열기로 풀기 위해 우리는 사우나실로 향한다. 사우나실은 화장실 바로 옆에 있다. 향긋한 나무로 만들어진 내부에는 사우나실을 데울 스토브가 놓여 있다. 가장 먼저 우리는 스토브를 작동시킨다.

기다란 스토브의 위쪽에는 작은 통이 있고, 그 안에는 짙은 회색의 각진 돌덩이가 담겨 있다. 우리는 스토브가 뜨겁게 달궈놓은 돌덩이에 기분 좋은 향을 내는 아로마 오일과 물을 붓는다. 심신을 안정시키는 아로마 오일의 향을 즐기며 우리는 사우나실에 있는 나무 벤치에 기대어 앉는다.

어느덧 사우나실의 공기가 무거워지며 습한 기운을 가득 머금었다. 리아는 사우나실의 습도가 낮아지기를 기다렸다가 다시 한번 돌덩이에 물을 붓는다. 나는 온몸에 힘을 빼고 사우나실의 나무 벽과 벤치에 더 깊숙이 기대어 앉는다. 몸에 쌓인 기분 좋은 피로와 따뜻한 온기 그리고 기분 좋은 향을 가진 아로마 오일의 조화로운 협연이 나를 이완시킨다. 습기를 가득 머금은 사우나실의 더위는 몸과 마음을 안정시키고, 나는 시간이 흐르는 줄도 모른 채 이 순간을 즐긴다.

　사우나를 마친 우리는 기분 좋은 나른함이 묵직하게 내려앉은 것을 느끼며 편안하게 이완된 상태로 몸의 물기를 닦고, 머리를 말린 다음, 잠자리를 준비한다.

　어느새 밤은 깊어가고, 우리의 첫 번째 모험의 날도 저물어가고 있다. 하지만 우리를 놀라게 할 또 하나의 이벤트가 기다리고 있었다.

　침실에서 창밖을 내다보고 있을 때다. 짙은 검은색으로 물든 밤하늘에 초록빛 얼룩이 가물거리는 게 아닌가.

　'지금 우리가 무얼 보고 있는 거지?'

　일렁이는 초록색 빛의 정체를 파악하기까지는 약간의 시간이 걸렸다.

　'설마, 우리 위를 비추고 있는 저것은 오로라인 걸까?'

　오로라는 희귀한 자연 현상이다. 아주 맑은 날에만 극지방 인근의 하늘에서 볼 수 있는 녹색 파도의 향연. 생애 한 번은 꼭 만날 수 있기를 바라는 그것은 수많은 사람들이 소망하는 장면이기도 하다.

우리는 몸에 남아 있는 사우나의 온기를 유지하기 위해 서둘러 두꺼운 외투를 찾아 입고, 오두막 밖으로 나간다. 조금 더 깨어 있어도 좋을, 그럴 만한 가치가 충분한 장면 이니까.

하늘을 뒤덮고 있는 오로라는 숨이 막힐 정도로 아름답다. 마치 연극을 보는 것처럼 비현실적으로 느껴질 정도다. 온갖 환상으로 가득한 꿈을 꾸고 있는 것도 같다.

유리처럼 투명한 별들이 수놓아진 하늘이 우리의 오두막 위에 드넓게 펼쳐져 있고, 그 하늘을 바다 삼아 초록빛의 오로라가 파도처럼 밀려온다. 기다란 빛의 곡선이 나풀거리듯 하늘에서 진동하고, 커튼 사이로 바람이 불 듯 초록빛 연막을 흔들며 춤을 추는 듯한 모습을 자아낸다. 우아하고 느린 초록 오로라의 아름다운 움직임. 오로라는 우리가 있는 곳에서부터 저 멀리 있는 별들에까지 수 킬로미터를 뻗어나가고 있었다. 까만 하늘 곳곳에서 오로라가 가물거리다가 크게 진동하고, 그러다 몇 초 만에 또 모습을 바꾸기를 반복했다.

리아와 나는 감격에 차 초록빛으로 깜박이는 밤하늘과 우아한 자태로 하늘에서 뛰어노는 오로라의 모습을 감상한다. 이 마법 같은 자연의 선물이 어찌나 아름다운지, 라플란드의 밤이 머금은 매서운 추위가 느껴지지 않을 정도다. 오히려 나는 따뜻하고 충만한 느낌을 받는다.

'혹시 내가 꿈을 꾸고 있는 것은 아닐까'.

이렇게 자문하며 리아를 바라보는데, 가물거리는 녹색의 오로라가 리아의 두 눈에 반사되고 있다. 그렇다. 우리는 정말로 이 믿기지 않는 자연현상을 두 눈으로 목격하고 있는 것이다. 나는 주변을 둘러본다. 이 순간을, 이 공간 전체를 하나도 놓치지 않고 내 눈에 담아두고 싶다. 수없이 많은 별에 둘러싸인 채, 달이 밝게 빛나고 있다. 눈으로 뒤덮인 겨울의 풍경 위로 은은한 달빛이 비친다. 달빛 아래 겨울 풍경은 조용히, 차갑게 빛나고 있다.

숨이 멎을 정도로 아름다운 오로라의 유희를 라플란드 여행 이틀 만에 경험하게 된 것은 분명 행운이다. 감사의 마음을 가득 안은 채 우리는 눈앞의 마법을 바라본다. 오로라가 이동하는 모습, 형태를 바꾸는 모습, 약동하며 밤하늘을 무대로 춤을 추는 것 같은 모습을.

그렇게 20분쯤 흘렀을까. 오로라가 점차 희미해지더니 어느 순간 사라져버린다. 우리는 잔뜩 상기된 채로 오두막에 들어와 침대에 몸을 누인다.

평생 잊을 수 없을 것만 같은 하루의 끝자락에 나는 침대에 누운 채로 오늘 경험한 것들을 하나하나 떠올려본다. 풍족했던 아침 식사와 늦은 일출, 새하얀 눈으로 뒤덮인 겨울 풍경으로의 산책, 작은 렙쿠헨 과자 집과 맛있는 시나몬 번, 숙소로 돌아오는 길, 다른 색의 옷을 입고 우리를 맞이하던 자연, 평온한 모습의 산록 무리와 사우나실에서의 휴식 그리고 전혀 예상하지 못했던 대자연의 깜짝 선물까지. 나는 그렇게 마법에 걸린 북극의 오로라를 타고 깊은 잠에 빠져든다.

＊
＊
＊

서부의 평온

애리조나의 뜨거운 한낮. 태양은 이른 아침부터 구름 한 점 없는 하늘 위로 올라 건조하고 광활한 황야를 뜨겁게 달구고 있다. 딱딱하게 굳어 갈라진 황야의 땅은 연일 먼지를 일으킨다.

이따금 황야의 모래를 뚫고 자란 사막의 식물들이 보인다. 몇 미터 높이까지 길게 자라난 선인장과 각진 산맥과 들판으로 이루어진 지평선. 곳곳에 얼룩처럼 창백한 초록이 보일 뿐, 모든 것이 엷은 황갈색과 갈색, 빨간색으로 뒤덮인 곳. 이곳이 바로 서부의 황야다.

이글거리는 정오의 태양 아래, 카우보이 빌리는 말을 타고 대초원을 달리고 있다. 이 말은 척박한 시대를 빌리와 함께 지나온 오랜 친구 같은 녀석이다.

그사이 험난했던 개척 시대가 지나고 서부에도 평화가 찾아왔다. 대모험과 정복으로 일룩진 서부의 땅에도 어느덧 안온한 일상이 이어지고 있었다. 지난 몇 년간 빌리도 전에 없던 평온함을 누리며 지내고 있다. 그동안 너무 많은 것을 경험해야 했던 빌리에게는 마침내 찾아온 이 땅의 평화가 반가울 따름이다.

내면의 평온은 빌리의 인상에서부터 고스란히 드러난다. 미세하게 주름이 잡힌 빌리의 얼굴은 애리조나 특유의 건조하고 갈라진 땅처럼 짙은 갈색으로 그을려 있다. 반짝이는 파란 눈은 침착함을 머금은 채 먼 곳을 응시한다. 어느덧 머리카락과 수염도 회색으로 바랬다.

빌리는 카우보이의 전형이라고 할 수 있는 옷차림을 하고 있다. 파란색 청바지와 체크무늬 울 셔츠에 검은색 조끼. 목에는 빨간색과 흰색 무늬가 섞인 스카프를 두른 채, 햇빛을 막아줄 검은색 카우보이모자를 쓰고 있다.

지금 빌리는 '올드 힐 타운'이라는 이름을 가진 작은 도시로 향하는 중이다. 며칠 전, 올드 힐 타운의 보안관이 연륜 있는 카우보이를 찾고 있다는 소식을 전해 들었기 때문이다.

흰색과 갈색 털이 어우러진 자신의 말을 적당한 속도로 몰아가며 빌리는 황야를 달리고 있다. 말의 발굽이 땅을 디딜 때마다 붉은 먼지가 소용돌이처럼 피어오르며 그의 뒤를 따른다.

빌리가 올드 힐 타운에 도착한 것은 정오쯤이다. 빌리는 말을 멈추고 '올드 힐 타운'이라는 도시의 이름이 적힌 나무 표지판을 올려다본다. 이어 빌리는 깊이 숨을 들이마신 후 천천히 내뱉는다. 빌리는 천천히 보행속도를 유지하며 도시로 말을 몬다.

올드 힐 타운은 활기찬 일상이 지배하는 곳이다. 이곳

의 사람들은 일상의 업무에 집중하느라 어느 낯선 카우보이가 도시를 찾았다는 사실을 전혀 알아차리지 못하는 듯하다. 어떤 사람을 장을 보고, 또 어떤 사람은 산책을 하고, 또 어떤 이들은 대화를 나누고 있다.

잠시 후, 빌리의 눈에 레스토랑 하나가 들어온다. 기운을 더해줄 음식을 먹으며 잠시 휴식을 취하면서 자신이 이곳에서 해야 할 일이 있는지 알아봐야겠다고 생각한다.

말에서 내린 빌리는 말뚝에 말을 묶은 다음, 레스토랑으로 향한다. 커다란 나무문을 열려는 찰나, 입구 오른쪽 벽에 달린 포스터 하나가 눈에 띈다. 정말이지 오랜만에 보는 현상수배 포스터다. 커다란 검은색 글자로 채워진 포스터는 이렇게 말하고 있었다.

현상수배!
올드 힐 타운에서 사라진 소 떼를 찾습니다!
현상금 500달러

빌리의 얼굴에 미소가 번진다.

'500달러라…'

나쁘지 않은 금액이다. 빌리는 레스토랑 안으로 들어간다.

레스토랑의 내부는 서늘하고 어둡다. 공간을 밝히는 조명이라고는 창문을 통해 새어 들어와 레스토랑의 바닥을 비추고 있는 햇살이 전부다. 실내에선 오래된 나무 냄새가 나고, 천장에서는 실링팬이 느릿느릿 돌아가고 있다. 실링팬이 일으킨 작은 회오리바람 사이로 먼지가 떠다니는 것이 보인다. 사람은 많지 않다.

한쪽에서는 한 소녀가 피아노 앞에 앉아 연주를 하고 있다. 소녀의 손가락 끝에서 만들어지는 낭만적인 멜로디가 공간의 적막 속으로 흩어진다. 레스토랑 곳곳에는 원형 나무 테이블이 놓여 있는데, 그중 한 테이블에서 카우보이 두 명이 카드 게임을 하는 모습이 보인다. 이곳에서도 빌리에게 눈길을 주는 사람은 없다.

레스토랑을 가로질러 곧장 바로 향한 빌리는 레모네이드 한 잔을 주문한 뒤 자리에 앉는다. 빌리의 옆에는 중년의 남자가 아이스티를 마시고 있다.

남자가 빌리 쪽으로 고개를 돌린다. 순간, 남자의 셔츠에 달린 별 모양의 금속 흉장이 빌리의 눈에 들어온다. 그는 이 지역의 보안관이다. 빌리에게 말을 거는 보안관의 목소리는 깊고 따뜻하다.

"우리 도시에서 본 적이 없는 것 같은데, 이곳에는 무슨 일로 온 거요?"

빌리는 현상수배 포스터가 붙어 있던 문 쪽으로 고개를 돌리며 대답한다.

"이 도시에 카우보이의 도움이 필요하다고 들었소. 나는 카우보이요."

전혀 예상하지 못했다는 듯, 보안관은 모자를 들어 올려 주름이 팬 이마를 긁적이더니 이내 다시 모자를 쓰며 말을 이어간다.

"나의 요청에 응할 사람이 있을 거라고는 생각하지 못

했는데. 이곳에 와주다니 정말 고맙군요. 그러니까, 레스토랑 밖에 붙여놓은 현상수배 포스터를 본 거요?"

"그렇소."

대답을 마친 빌리가 레모네이드를 마신다.

보안관은 빌리 쪽으로 몸을 기울이더니 작은 목소리로 속삭이듯 말을 꺼낸다.

"누군가가 피트 씨네 농장에서 소들을 모조리 훔쳐 갔소. 이 때문에 도시 전체가 신선한 우유를 공급받지 못하고 있고. 현상금을 건 이유도 여기에 있소. 소 떼를 훔친 도둑과 소들을 찾아준다면 500달러의 현상금을 지급할 거요. 올드 카우보이, 당신이 해줄 수 있겠소?"

빌리는 말 없이 고개를 끄덕인다.

보안관은 그런 빌리를 신뢰한다는 듯 빌리의 어깨에 손을 올리며 덧붙인다.

"자, 그럼 지금 피트 씨네 농장으로 갑시다. 어쩌면 그곳에서 범인의 흔적을 발견할 수 있을지도 모르니까."

빌리는 아주 오랜만에 모험심이 차오르는 것을 느끼며

보안관에게 손을 내민다. 악수와 짧은 고갯짓 한 번. 보안
관의 요청에 빌리가 승낙한다는 표시다.

두 남자는 말 없이 주문한 음료를 모두 마신 후 레스토
랑에서 일어난다. 각자의 말에 올라탄 두 사람은 도시의
끝에 위치한 피트 씨네 농장을 향해 달린다. 가는 도중 보
안관을 알아본 지역 주민 몇 사람이 다정하게 인사를 하
며 두 사람을 향해 손을 흔들어준다.

잠시 후, 두 사람은 오래된 작은 농장에 도착한다. 농장
주의 집 앞에는 울타리로 둘러싸인 커다란 원형의 목장이
있다.

그때, 한 청년이 두 사람에게로 다가온다. 열일곱 살이
채 되지 않은 것처럼 보이는 앳된 얼굴의 청년이다.

"이 친구가 피트 주니어요."

보안관이 대신 소개를 한다.

"몇 주 전, 이 농장을 이어받았소. 원래는 이 친구가 음
악을 만드는 일에 전념할 수 있도록 할아버지가 지난 몇

십 년 동안 혼자 농장을 운영해왔는데, 안타깝게도 얼마 전에 우리 곁을 떠났소. 지금은 피트 주니어가 농장을 운영하면서 소들을 돌보고 있고."

피트 주니어가 빌리에게 악수를 청한다.

"소도둑을 잡으러 오신 거죠?"

빌리가 아무 말 없이 고개를 끄덕인다.

"와주셔서 감사합니다. 제가 소를 돌보는 일에 아직 능숙하지 못해서 이런 일이 생겼어요."

피트 주니어가 민망한 듯 머리를 긁적이며 말한다.

"몇 주 전에 농장 일을 시작했어요. 그저께 아침에 일어났는데 소 떼가 모두 사라지고 없더라고요. 목초지로 이어지는 목장 문이 활짝 열려 있기에 서둘러 황야로 나가봤어요. 말을 타고 도시 전체를 쭉 돌면서 소들을 찾아 헤맸지만, 어디에도 없었어요. 헛수고였어요. 당신에게는 부디 행운이 따랐으면 좋겠네요."

세 사람은 포트에 담긴 아이스티를 나누어 마신다. 보

안관은 빌리가 이 사건을 책임져줄 거라는 사실에 안심하며 말을 타고 도시로 돌아간다. 빌리는 범인을 찾기 위해 농장을 여기저기를 살펴보기 시작한다.

피트 주니어는 소들이 사라진 날 아침, 울타리의 어느쪽이 열려 있었는지를 빌리에게 식접 보어준다. 빌리는 침착하게, 그러면서도 명민한 눈빛으로 곳곳을 살피고, 이내 모래 위에 남은 소 떼의 흔적을 발견해낸다.

빌리는 발자국을 따라 말을 몬다. 소들의 발자국은 도시를 지나 황야의 한 가운데로 이어지고 있었다.

어느새 오후가 되었다. 태양은 이미 어느 정도 내려간 상태고, 선인장과 바위들은 저마다 기다란 그늘을 드리우고 있었다. 빌리는 말을 타고 달리며 소들의 흔적을 찾는다. 무어라 설명할 수는 없지만 빌리는 소들을 찾을 수 있을 것이라는 확신이 들었다.

잠시 후, 빌리는 작은 시내가 흐르는 곳에 도착한다. 수심은 깊지 않고, 유속도 빠르지 않아 바닥에 깔린 돌멩이 하나하나를 알아볼 수 있었다. 소들의 발자국도 여기에서 끝이 났다. 빌리는 시냇물로 말의 목을 축이게 한 다음, 목덜미를 부드럽게 쓰다듬는다.

빌리는 시내를 건너 반대편으로 넘어갈 생각이다. 시냇물이 얕아 말이 건너가기에도 무리가 없기 때문이다.

시내 반대편에 도착한 빌리는 그곳에서 소들의 발자국이 다시 시작되는 것을 발견한다. 그 흔적을 따라 천천히 말을 몬다.

소들은 육중하고 높다란 벽처럼 서 있는 암석을 향해 이동한 것 같았다. 암석은 햇살 아래 일렁이고 있었는데, 아마도 소들이 암석 앞에서 멈췄을 거라고, 빌리는 생각한다.

빌리는 거대한 벽처럼 우두커니 서 있는 암석의 끄트머리까지 다가간다. 소들의 발자국은 암석을 따라 계속 이어져 있다. 한참 동안 그 발자국을 따라 이동하던 빌리가 갑자기 멈춰 선다. 멀리서는 보이지 않던 틈 하나가 암석 사이로 나 있었기 때문이다.

틈 사이로 난 길은 암석의 반대편 끝까지 이어져 있었다. 빌리는 주저하지 않고 암석 사이의 길을 따라간다. 반대편에 도달했을 즈음, 그는 피부에 닿는 기온이 확연히 다름을 느낀다. 뜨겁게 내리쬐는 태양 아래 노출된 황야 한가운데와 달리 이곳은 그늘이 드리워져 있어 훨씬 서늘했던 것이다.

이곳에는 푸르른 녹색도 더 많다. 반대편과 달리 시든 식물도 많지 않다. 푸른 잔디가 짙은 초록을 뽐내며 땅을 덮고 있고, 곳곳에서는 수풀과 관목, 심지어 몇 그루의 나무까지 자라고 있다.

옅은 갈색의 황야의 한쪽에는 형형색색의 아름다움을 뽐내는 골짜기가 숨어 있다. 골짜기를 둘러싼 높은 바위들이 낮의 뜨거운 태양을 막아주는 듯하다. 골짜기의 한가운데에는 물이 고여 있는데, 빌리에게는 신기루처럼 느껴지는, 마법처럼 아름다운 장면이다. 전에 없던, 한 번도 보지 못한 자연의 풍경이 빌리의 눈앞에 펼쳐져 있다.

멀리서도 알아볼 수 있는 것이 있다. 골짜기의 푸른 들
판 위에 모여 있는 소들의 무리다. 이보다 더 평화로울 수
없는 장면이다. 스무 마리 정도의 소들은 저마다 다른 무
늬의 털을 가지고 있다. 어떤 소는 군데군데 흰색으로 얼
룩진 갈색 털을 가지고 있고, 아예 새까만 털을 가진 소도
있으며, 검은색 얼룩이 난 흰색 소도 있다. 소들은 하나
같이 행복해 보인다. 모든 긴장을 내려놓은 채, 음매 음매
노래를 부르며 잔디밭의 풀을 뜯어 먹고 있다. 천천히, 싱
그러운 잔디의 맛을 즐기면서. 웅덩이에 고인 물을 마시
는 소도 있다. 몇 마리는 그늘 아래에서 휴식을 취하는 중
이다.

빌리는 천천히 소들이 있는 곳을 향해 말을 몬다. 눈앞
에 보이는 광경을 도무지 믿을 수가 없어 절레절레 고개
를 젓는다. 이곳에서 소들을 찾아내다니. 아무리 생각해
도 놀라운 일이다. 대체 어쩌다 소들은 여기까지 오게 된
것일까.

소 무리에 가까이 다가갔을 때다. 한 마리가 무리를 이탈해 점점 멀어지기 시작했다. 그때, 풀을 뜯고 있던 소들의 뒤에서 느닷없이 개 한 마리가 모습을 드러냈다. 왈왈, 개가 큰 소리로 짖으며 무리에서 이탈한 소를 좇는다. 개는 크게 원을 그리며 달려 소를 무리 쪽으로 몰더니 소가 안전하게 돌아온 것을 확인한 다음 속도를 늦추고 푸른 들판 위에 엎드려 눕는다. 곱슬거리는 개의 갈색 털은 금빛을 띠고 있다. 개는 혓바닥을 내민 채 헥헥거리며 또렷하고 진중한 눈빛으로 소들을 응시한다.

이 개가 목양견◟이라는 것을 빌리는 곧바로 알아차렸다. 목양견은 위엄이 넘쳐흐르고, 한시도 주변 상황에 대한 경계를 늦추지 않는다. 그러면서도 경쾌하다. 지금 빌리의 눈앞에 있는 이 개도 그렇다. 솜털처럼 부드러워 보이는 귀 때문일까. 이미 성견이 되었는데도, 왠지 아직 어린 강아지인 것 같은 느낌이 든다. 목양견들이 가축을 돌

◟ 목장에서 양을 지키고, 밤이 되면 집으로 몰아가도록 훈련된 개를 말한다.

보는 모습을 본 적이 많았던 빌리는 개의 움직임만으로도 이 개가 얼마나 훈련이 잘된 상태인지 알아차릴 수 있다. 이 개는 자신이 지켜야 할 가축이 한 마리라도 다치거나, 무리에서 이탈하는 일 없이 지키도록 훈련을 받았을 것이 분명했다.

빌리는 소들에게 무리해서 다가가지 않기로 결정하고 이동을 멈춘다. 기다리고 싶었다. 어차피 소들은 목양견의 안전한 보호를 받고 있으니까.

빌리는 말에서 내려 잔디 위에 앉은 후 나무에 등을 기댄다. 그 사이 빌리를 발견한 개는 호기심 어린 듯한 눈빛으로 빌리를 관찰한다. 그렇게 둘은 한참 동안 서로를 응시한다. 이내 개가 다시 소들을 향해 시선을 돌리더니 천천히 눈을 감는다. 빌리도 목양견을 따라 눈을 감는다. 오늘 하루 분주히 움직이느라 다소 피곤한 상태였으므로 빌리로서는 지금 취하는 잠깐의 휴식이 매우 반갑게 느껴진다.

아마도 잠깐 사이 잠이 들었던 모양이다. 눈을 떴을 때, 빌리는 자신의 몸이 한결 가벼워졌음을 느낀다. 어느새 개는 빌리의 옆에 와 누워 있다. 물론, 시선은 여전히 소들을 향한 채로.

곱슬거리는 털로 뒤덮인 개의 배가 호흡을 할 때마다 가볍게 오르락내리락하기를 반복한다. 빌리는 개가 놀라지 않도록 작게 기지개를 켜고, 개는 그런 빌리를 가만히 바라본다. 빌리를 바라보는 개의 눈빛은 무척이나 다정하다. 헥헥헥, 가볍게 숨을 몰아쉬는 개의 얼굴에는 왠지 모르게 미소가 번져 있는 것도 같다.

빌리는 개의 머리를 부드럽게 쓰다듬는다. 마치 오래전부터 알고 지낸 사이인 듯 둘은 무척이나 친근해 보인다. 빌리는 몇 년 동안 개를 키웠던 어린 시절을 떠올린다. 빌리에게는 개에 대한 깊은 연대감이 있다.

둘은 한동안 편안하게 들판 위에 앉아, 자유롭게 풀을 먹는 소들을 바라본다. 몇몇 소들은 나무 아래에 드리운 그늘에서 휴식을 취하고 있다.

그사이 늦은 오후가 되었다. 어둠이 내리기 전에 빌리는 도시로 돌아가야 한다. 황야에 밤이 찾아오면 기온이 뚝 떨어지며 추위가 찾아오기 때문이다.

빌리는 내일 아침 자신을 도울 사람들과 함께 말을 타고 다시 이곳에 돌아오기로 결정하고 자리에서 일어나 떠날 채비를 한다.

"내일 다시 올게."

빌리가 동그란 개의 머리를 다시 한번 부드럽게 쓰다듬으며 말한다. 개는 자리에서 일어나 말에 올라타는 빌리의 모습을 물끄러미 바라본다.

빌리는 말을 타고 왔던 길로 되돌아간다. 골짜기를 지나 암석 틈의 좁은 사잇길로 들어선다. 뜨거웠던 한낮의 더위는 어느새 사그라지고, 쾌적한 온기만이 남아 있다.

시냇가에 도착한 빌리는 잠시 가던 길을 멈추고, 하루의 마지막 태양 빛이 수면 위로 쏟아지며 만들어내는 반짝임의 유희를 한참 동안 눈에 담는다.

막 시내를 건너 올드 힐 타운을 향해 속도를 높이려 할 때쯤이었다. 뒤에서 들려오는 소리에 빌리는 말을 멈춘다. 뒤를 돌아본 빌리의 눈에 하나둘씩 줄을 지어 암석 틈의 사잇길로 빠져나오는 소들의 모습이 보인다. 목양견도 함께 있다. 개는 잠깐 앞서서 달리는가 하더니 이내 뒤를 돌아 암석 틈 사이로 들어가서는 또 다른 소를 몰고 다시 모습을 드러낸다. 그렇게 몇 번을 반복하던 개는 이내 한 자리에 모인 소들을 원래 왔던 길로 몰기 시작한다. 왈왈, 소들을 향해 짧게 명령하듯 짖는 소리가 주변에 울려 퍼진다.

빌리는 자신의 눈앞에서 벌어지는 광경을 도무지 믿을 수가 없다.

이제 소들의 무리는 느린 속도로 시내를 향해 이동하기 시작했다. 시내 앞에 도착하자 개는 소들이 시내를 건너도록 한 마리씩 유도하고, 개의 지시에 따라 무사히 시내를 건넌 소들은 어느새 빌리의 주변을 둘러싼다.

목양견이 빌리의 발 앞에 엎드려 그를 올려다본다. 마치 '왈왈, 왈왈! 왜 가만히 있어요? 어서 다 함께 농장으로 돌아 가자고요!'라고 외치는 듯 개가 빌리를 향해 짖는다.

그제야 목양견의 의도를 파악한 빌리는 올드 힐 타운을 향해 앞서 달린다. 말을 탄 빌리는 마치 무리의 우두머리처럼 목양견의 지시에 따라 한데 모여 있는 소들을 이끌고 있다.

빌리가 소들을 데리고 도시에 들어섰을 때는 이미 어둠이 내린 후였다. 빌리는 피트의 농장을 향해 말을 몬다. 얼마 후, 농장에 도착한 그는 소들이 빠져나갔다던 커다란 울타리의 문을 연다. 하나둘, 울타리 안으로 들어간 소들은 넓은 목장 곳곳으로 흩어져 자리를 잡는다.

그때, 소들을 발견한 피트 주니어가 모자를 들고 있는 팔을 휘휘 저으며 안에서부터 반갑게 뛰어나온다.

"빌리! 세상에, 믿을 수가 없네요! 정말 사라졌던 소 떼를 찾은 거예요?"

피트 주니어의 얼굴에는 미소가 한가득 번져 있다. 이어 목양견을 발견했는지, 피트 주니어가 개를 향해 소리친다.

"롤라! 너도 돌아왔구나!"

피트 주니어가 무릎을 꿇고 개의 털을 부드럽게 어루만진다. 그러더니 개의 털 안에 깊숙하게 얼굴을 파묻는다. 개도 반가움을 감출 수 없는 듯 계속해서 꼬리를 흔들어 댄다.

"롤라는 저희 할아버지의 안내견이었어요. 할아버지가 돌아가신 후로 롤라가 자취를 감춰서 걱정하고 있었는데, 얼마 지나지 않아서 소들도 없어진 거예요."

빌리는 롤라와 소들을 발견한 장소가 어디였는지, 롤라의 보호 아래 소들이 얼마나 행복하게 풀을 먹고 있었는지를 피트에게 설명한다.

빌리의 말을 들은 피트는 가보지는 못했지만 익히 들어 알고 있는 곳이라고 말한다.

"솔직히 소들의 상태가 그리 좋지 않았어요. 가축을 돌보는 데 제가 워낙 서툴렀거든요. 이번 사건을 계기로 제가 하나 배웠네요."

빌리는 언제, 어디서든 우리 인간은 끊임없이 인생을 통해 배운다는 말에 동의한다.

"그렇다면 롤라가 소들을 위한 최선의 방법을 찾은 거군요. 저 큰 울타리 문을 여는 방법을 알고 있던 롤라가 소들에게 비밀의 들판을 내어주기 위해 소풍 길에 나섰던 거고요. 아무쪼록 잘 돌봐줘요! 롤라도, 소들도."

소들을 찾았다는 소식이 어느새 보안관에게도 전달된 모양이다. 보안관이 기쁜 얼굴로 말을 타고 달려왔다. 보안관은 빌리가 롤라를 쓰다듬는 모습을 바라보며, 둘의 사이가 얼마나 각별해졌는지를 곧바로 알아차렸다.

"동물을 사랑하는 우리 카우보이께서 돌아오셨군요!"

보안관이 장난스럽게 말을 꺼냈다.

"이렇게 큰 도움을 주다니요. 자, 약속했던 현상금, 여기 있습니다."

빌리에게는 유용한 돈이다. 하지만 사랑스러운 개의 머리를 쓰다듬고 소들을 바라보고 있는 지금, 빌리에게 찾아온 깨달음이 있었다. 아름다운 자연 속에서 이들과 함께 보낸 하루가 자신에게 얼마나 큰 선물이었는지에 대한 깨달음이다. 잠시 고민하던 빌리는 결심이 선듯 말문을 연다.

"피트, 농장에 도와줄 사람이 필요하지 않나요? 내가 소들을 돌보면서 롤라와 함께 푸른 골짜기에 가서 소들을 먹이고 돌아오는 일을 할게요. 그러면 내 하루도 그리 길게 느껴지지 않을 테고, 당신의 하루도 덜 힘들 것 같은데, 어때요?"

빌리의 말을 들은 피트의 안색이 금세 환해진다. 그는 이내 고개를 끄덕이며 빌리의 제안을 기꺼이 받아들인다. 보안관도 빌리의 제안이 만족스러운 듯 보인다. 보안관은 빌리와 힘찬 악수를 나누며 피트와 빌리의 약속을 보증한다. 빌리는 다시, 아니 어쩌면 이제야 진짜 '카우'보이가 된 것이다.

세 사람은 피트의 집 앞 테라스에 편안하게 앉아 한참 동안 대화를 나눈다. 롤라는 빌리의 발 아래에 엎드린 채 졸고 있다. 살짝 눈을 뜨고 있는 롤라의 털이 호흡과 함께 천천히 오르내리기를 반복한다. 어느새 천천히, 롤라의 눈이 감긴다. 그렇게 롤라는 누릴 가치가 충분한 깊은 잠에 빠져든다.

고요한 숲속에서

멈춰 선 기차의 창밖으로 익숙한 역 간판이 보인다. 얀은 어린 시절 자신이 자라난 작은 마을을 향해 가는 중이다. 얀에게는 그 어떤 곳보다도 고향처럼 느껴지는 곳이다. 얀은 오늘 부모님의 집을 방문할 예정이다.

햇살이 좋은 오후다. 부모님은 저녁이나 되어서야 일터에서 돌아오실 예정이므로, 그 사이 얀은 특별한 의미가 있는 장소에 들르기로 했다. 그곳에서 분주한 일상의 긴장감을 털어내고 나면, 몸을 따라 마음도 이내 고향에 도착해 있을 것이다.

역에서 내린 얀은 잠시 플랫폼에 선 채로 고향의 공기를 깊이 들이마신다. 시선을 들어 올리자, 익숙한 갈색 벽돌의 기차 역사가 보인다. 이곳을 방문하고 다시 집으로 돌아갈 때의 여러 기억이 떠오른다.

얀은 플랫폼을 따라 걷는다. 천천히 속도를 내더니 이내 먼 곳으로 사라지는 기차의 뒷모습을 얀은 물끄러미 바라본다. 역에 내린 사람은 얀이 유일한 것 같다. 별다른 일 없이 잔잔한 일상이 반복되는 이곳의 특성다웠다.

플랫폼을 벗어난 얀은 역 앞에 달린 작은 광장에 들어선다. 주차장과 버스 정류장, 자그마한 매점 하나가 전부인 곳이다. 매점에서는 여러 종류의 잡지와 기차표, 간식거리들을 판매하고 있다. 얀은 매점에 들러 작은 스낵 한 봉지와 물을 구입한다. 이곳을 떠난 지 벌써 수년이 흘렀는데도, 매점 여주인은 얀을 알아보았다. 얀은 여주인과 몇 마디를 주고받은 뒤 매점을 나온다. 정말이지 가끔은, 아무것도 변하지 않고 모든 것이 그대로인 듯한 이곳이 신기하게 느껴지기도 한다.

마을로 들어선 얀은 익숙한 거리를 지난다. 습관처럼 얀의 엄지손가락이 메고 있던 배낭의 손잡이로 향한다. 매일 같이 책가방을 메고 이 거리를 지나던 어린 시절의 모습이 떠오르는 듯하다.

　얀은 여러 채의 집들을 지나 광장을 가로지른다. 하나같이 어린 시절의 추억을 안고 있는 곳이다. 그중에는 학교 친구들이 살던 집도 있다.

　여기저기 기어오르고 내리기를 반복하던 놀이터와 찰싹 달라붙어 구경을 하던 쇼윈도, 용돈을 들고 의기양양하게 들어서던 상점과 특별한 날이면 가족들과 함께 찾던 식당, 청소년 시절 친구들과 함께 파티를 즐기던 레스토랑까지. 얀에게 이 마을은 오래된 사진첩과도 같다. 마을 곳곳에 얀을 추억에 젖게 하는 기억들이 숨어 있고, 그 장소를 마주할 때마다 얀은 즐거운 마음으로 보호의 울타리 안에 있던 자신의 유년 시절을 마음껏 떠올릴 수 있기 때문이다.

잠시 후 마을의 끝자락에 도착한 얀은 드넓은 유채밭 너머의 울창한 숲을 바라본다. 오후의 태양이 금빛으로 물든 유채밭과 나무들로 우거진 숲을 향해 빛을 비추고 있다. 나뭇잎의 서로 다른 색과 형태는 이 숲이 활엽수와 침엽수가 뒤섞인 혼합림이라는 것을 말해준다.

얀은 들판의 가장자리를 따라 숲을 향해 걷는다. 곧 있으면 목적지에 도착한다는 사실이 얀을 설레게 한다.

이 숲은 청소년 시절, 얀의 도피처가 되어준 곳이었다. 그 시절 얀은 몇 시간씩 숲에 머물렀고, 덕분에 작은 오솔길 하나까지도 구석구석 모르는 곳이 없었다. 이곳에서 얀은 친구들과 함께 놀이를 즐기거나 아무도 보이지 않는 곳에서 자신만의 세계에 빠져 시간을 보내곤 했다. 화가 날 때도, 힘든 일이 있을 때도 얀은 이 숲을 찾았고, 그때마다 얀은 숲이 주는 위로를 통해 평온함을 되찾을 수 있었다. 얀에게 이보다 더 확실하고 안전한 곳은 없었다. 말하자면, 언제나 믿을 수 있는 친구 같은 존재가 바로 이 숲이었다.

숲의 가장자리에 도착하자, 나무들 아래 드리운 그늘에서 뿜어나오는 서늘한 공기가 피부에 와닿았다. 얀은 걸음을 멈추고 숨을 깊이 들이마신 다음, 천천히 내뱉는다.

몸은 가벼워졌지만, 생각은 여전히 일상의 업무와 의무에서 벗어나지 못한 상태다. 하지만 얀은 알고 있다. 자신의 앞에 펼쳐진 이 숲이 일상의 모든 짐을 내려놓고 내면의 평온을 되찾을 수 있도록 도와줄 것임을.

오솔길을 따라 숲으로 들어간 얀의 눈앞에 초록빛 바다가 펼쳐진다. 햇살을 가득 머금은 숲의 모습은 얀이 기억하고 있는 모습에서 조금도 달라지지 않았다.

숲에는 갖가지 크기와 형태, 색을 가진 활엽수와 침엽수들이 하늘을 향해 솟아 있다. 어떤 나무는 거대한 크기를 자랑하며 커다란 키로 공중을 가르는 듯한 모습인데, 줄기에서 뻗어난 가지들이 온통 나뭇잎으로 뒤덮여 있다. 상대적으로 키가 작은 나무도 있다. 이들 나무의 우듬지는 손을 뻗으면 닿을 수 있을 정도로 얕고, 태양은 그 위에서 나뭇잎을 반짝반짝 비추고 있다. 그런가 하면 키가 훤칠한 나무들이 다닥다닥 붙어 있는 구역에는 그늘이 잔뜩 드리워져 있고, 나무가 듬성듬성 자라나는 구역에서는 온화한 햇살이 나뭇잎을 뚫고 땅에 떨어지며 이끼를 만들어냈다. 걸음을 옮길 때마다 따뜻하고 햇볕이 잘 드는 구역과 서늘하고 그늘진 구역이 번갈아 가며 얀을 반겼다.

숲에 들어서자마자 얀은 공기의 차이를 느낄 수 있었다. 숲속의 공기는 바깥 공기에 비해 훨씬 신선하고 촉촉하며, 옅은 흙의 냄새를 머금고 있다. 얀은 쾌적한 숲속 공기를 깊이 들이마셨다가 내뱉기를 반복한다. 대자연의 향기가 몸속 가득 채워지는 것만 같다.

이 숲은 여러 갈래의 산책로를 통해 진입할 수 있어서 많은 이들에게 사랑받는 장소이기도 하다. 얀은 흙으로 된 단단한 오솔길을 선택한다. 이따금 가파른 오르막이 나오곤 하는 경로다. 안으로, 안으로. 숲 안쪽으로 더 깊숙이 들어가는 사이 얀은 떨어진 나뭇잎과 갈색과 금색, 녹색의 옷을 입은 각종 침엽수와 작은 나뭇가지와 돌들을 발견한다. 산책로 옆으로는 수풀과 덤불, 꽃과 나무들이 자라고 있고, 군데군데 부러진 가지와 쓰러진 나무줄기가 보인다.

깊은 숲속을 거닐 때면 땅에 떨어져 있던 나뭇잎과 가지들이 바스락 소리, 타닥 소리를 내며 신발 아래에서 부서지는 느낌이 좋다. 얀에게는 자신을 안전하게 지탱해줄 다리와 발이 있고, 가파른 오르막을 오를 때 더 많은 에너지를 내는 근육이 있다. 얀의 몸은 산책길의 다양한 환경에 맞춰 자연스럽게 움직인다. 마치 몸이 자동으로 움직이는 것처럼 느껴질 정도다. 가파르고 거친 길도 얀에게는 그리 힘겹게 느껴지지 않는다.

산책길과 자연이 만들어낸 무대에 집중하는 사이, 얀은 자신의 마음이 평온해지고 있음을 느낀다. 얀은 몸이 말하는 것을 따르기로 마음먹는다. 몸이 직관에 따라 자신을 잘 안내할 거라는 확신이 들었기 때문이다. 얀은 이와 같은 직관이 아주 오래전부터 다양한 인생길 위에서 자신의 가이드가 되어주었다는 사실을 깨닫는다. 스스로에 대한 강한 믿음이 얀의 내면에 서서히 퍼져나간다.

숲은 산으로 둘러싸여 있다. 얀은 그중 산으로 이어지는 한 산책로로 들어선다. 그리고 얼마 지나지 않아 오래전부터 이곳을 찾을 때면 한 번씩 멈춰 서곤 했던 장소에 도착한다.

산책로에서 살짝 벗어난 곳에 커다랗고 늙은 너도밤나무가 절반은 햇살을 받으며, 절반은 그늘을 드리운 채 서 있는 곳이다. 나무 주변은 금빛 갈색이 도는 바짝 마른 활엽수 낙엽으로 뒤덮여 있다. 주변에 다른 나무는 없고, 작은 수풀과 관목 몇 개만이 모습을 드러내고 있을 뿐이다. 비교적 넓은 아래쪽 줄기 부분에는 이끼가 뒤덮인 굵은 뿌리가 땅을 뚫고 올라와 있다. 어떤 뿌리들은 심지어 나무에서 몇 미터 떨어진 곳에서 발견되기도 한다. 이 노령의 너도밤나무는 장엄하고 강해 보인다. 어린 시절 얀의 기억 속 그 모습 그대로다.

  얀은 가던 길을 멈추고 나무가 있는 곳으로 가까이 다가간다. 나무 앞에 멈춰 선 얀은 나무의 껍질에 두 손을 올려놓는다. 고른 표면을 가지고 있지만, 껍질의 질감은 거칠다. 얀은 시선을 들어 몇 미터 높이에 이르는 우듬지를 바라본다. 나뭇잎들 사이로 햇살이 가물거리며 잎을 연한 녹색으로 물들이고, 가벼운 바람이 불어와 이들을 살랑살랑 흔들어댄다.

  어릴 적 이 너도밤나무를 꼭 끌어안았던 순간들이 떠오른다. 얀의 마음에 기쁨이 차오른다. 어린 시절 그랬던 것처럼 얀은 다시 한번 너도밤나무의 줄기를 꼭 끌어안는다. 몇 년이 지나는 사이, 얀도 어느새 어릴 때보다 나무의 줄기를 더 깊이 끌어안을 수 있는 성인이 되었다. 얀은 한쪽 뺨을 껍질 위에 살포시 댄 채 깊이 숨을 들이마시고 천천히 내쉰다.

나무는 숲의 서늘한 공기보다 더 차가운 것 같다. 오랜 시간 걸은 탓에 체온이 올라간 터라 피부에 느껴지는 차가움이 얀에게는 반갑기만 하다. 얀은 거대한 너도밤나무에 몸을 완전히 기댄 채 살포시 눈을 감고 나무가 주는 안정감을 가만히 느껴본다. 이 나무는 몇 년을 살았을까. 지금으로부터 아주 오래전, 그러니까 얀이 태어나기도 전부터 나무는 이곳에 서 있었으리라. 어렸을 때부터 얀은 이 나무를 찾고 또 찾았다. 기쁠 때도, 슬플 때도 나무는 늘 얀과 함께였고, 그때마다 얀은 이곳의 고요함 속에서 보호를 받는 듯한 느낌을 받았다. 지금도 그렇다. 나무와 함께하는 동안 얀의 마음은 점점 더 안정된다. 여전히 다정하게 얀을 맞이하고 있는 이 나무를 그는 오래, 더 오래 껴안고 있다.

이어 얀은 줄기에서 갈라진 두 개의 뿌리 사이로 난 공간에 기대어 앉아 배낭을 내려놓는다. 조금 지쳐 있었던 얀에게는 고령의 너도밤나무 곁에 앉아 에너지를 채우는 이 시간이 반갑기만 하다.

얀은 눈을 감은 채 숨을 깊이 들이마시고 내쉰다. 너도 밤나무의 기분 좋은 냉기가 얀의 등에 닿는다. 얀은 등을 바로 세워 줄기에 더 가까이 기대어 앉는다. 두 다리는 길게 뻗은 채로, 엉덩이는 바닥에 털썩, 편안하게 내려놓는다. 떨어진 낙엽들 아래로 두 손을 넣어본다. 손에 습기가 느껴진다.

완벽하게 몸을 이완한 채, 얀은 그곳에 앉아 주변의 소리에 귀를 기울여본다. 바람 속에서 나뭇잎들이 바스락, 바스락 소리를 낸다. 바람의 세기에 따라 바스락 소리가 커지면서 격앙되는가 싶더니 이내 조용해지면서 차분히 가라앉기를 반복한다.

바람이 약해지고 나뭇잎 소리가 잦아들 때면, 새들의 노랫소리가 선명하게 들려온다. 부지런히 그리고 명랑하게 숲의 새들은 열심히 노래를 부르고 있다.

자세히 귀를 기울여 들어보니, 새들의 소리가 조금씩 다르다. 어떤 새의 노랫소리인지를 일부는 구별할 수 있을 정도다. 리드미컬하게 반복되는 박새의 소리, 녹색 방울새의 트릴, 긴 마디 안에 옥구슬 같은 멜로디가 이어지는 작은부리울새의 소리. 이곳저곳에서 새들의 소리가 이어진다. 선명한 소리로 반복되는 새들의 노래가 바람 속에서 바스락거리는 낙엽의 소리와 어우러지며 조화로운 멜로디를 완성한다.

자연의 콘서트를 즐기는 사이, 얀은 자신 또한 콘서트의 일부가 되어 연주를 하고 있음을 깨닫는다. 매우 작기는 하지만, 자신의 숨소리가 매우 선명하게 들렸던 것이다. 지금까지는 한 번도 귀 기울여본 적 없던 숨소리에 집중하니, 자신이 호흡을 들이마시고 내쉴 때마다 미세한 소리를 내고 있다는 것을 알 수 있었다. 숨소리는 저마다 다른 소리를 냈다. 어떤 호흡은 짧고, 어떤 호흡은 강렬했다. 나무 사이로 일렁이는 바람과 지저귀는 새들의 노랫소리처럼 호흡은 쉼 없이 연주를 이어가고 있었다.

흙바닥 위에 앉아 나무에 기댄 채로, 두 손을 땅 위에 살포시 내려놓고 삶이 만들어내는 소리에 귀를 기울이는 이 순간, 얀과 자연은 하나다. 얀은 눈을 감은 채로 한참 동안 이 순간을 온전히 누린다.

휴식을 마친 얀은 가벼운 몸으로 자리에서 일어나 배낭을 멘다. 커다란 너도밤나무를 한 번 더 올려다본다.

"안녕."

나무줄기에 두 손을 가만히 올려놓으며 얀은 너도밤나무에게 작별 인사를 건넨다. 하지만 이것이 끝이 아님을, 앞으로도 이 나무를 찾아오게 될 것임을 얀은 분명하게 알고 있다.

산책로에 들어선 얀은 마을을 향해 걷는다. 돌아갈 때는 다른 산책로를 이용할 생각이다.

그 사이 모든 긴장을 내려놓은 얀의 몸에는 가벼움만이 남아 있다. 지금 얀을 이끄는 것도 바로 이 가벼움이다. 얀의 입술에서는 어린 시절 즐겨 부르던 옛 노래가 흥얼흥얼 새어 나오기도 한다. 가끔은 점프를 하듯, 경쾌한 발걸음으로 자신이 걷고 있음을 발견한다.

일상에 묶여 있던 생각의 무게가 가벼워지면서 어느덧 얀은 어린 소년이 된 느낌이다.

마을로 돌아가는 길, 얀은 마치 마법을 부린 듯 아름다운 빛을 마주한다. 담쟁이덩굴로 완전히 뒤덮인 숲의 바닥 한 곳에 햇살 한 줌이 쏟아지고 있었던 것이다. 짙은 녹색의 담쟁이덩굴은 햇살 아래 반짝이고, 태양은 나무의 우듬지를 뚫고 마치 얀에게 길을 내어주듯 한 줄기의 빛을 비추어준다.

담쟁이덩굴의 한 가운데에는 줄기가 꺾여버린 넓적한 그루터기 하나가 있는데, 그 껍질에서는 버섯과 이끼가 자라는 중이다. 햇살 아래로 무당벌레가 모습을 드러낸다. 공중으로 날아가는 날개 달린 벌레들도 보인다. 그루터기에서 쉬어가는 벌레들도, 공중에서 원을 그리는 벌레들도 있다.

식물들과 벌레들이 서로 조화를 이루며 살아가는 모습을 보며 얀은 생각한다.

'이 나무와 이 나무가 남긴 것들은 여러 세대에 걸쳐 숲의 생명들에게 삶의 터전을 제공했겠지. 그리고 앞으로도 그러할 것이고.'

숲에서는 삶이 순환하고 있었다. 말라버린 나뭇잎 하나하나, 부러진 가지와 쓰러진 나무 모두가 수많은 유기체에 자리를 내어주고, 새로운 생명을 움트게 했던 것이다. 이것은 이 세상 모두가 서로 밀접한 관계를 맺은 자연의 일부라는 깨달음으로 이어졌고, 이런 깨달음은 얀을 미소 짓게 만들었다. 얀의 발걸음에는 생기가 더해진다. 집으로 돌아가는 길이 너무나도 행복하다.

돌아가는 길은 편하고, 거침이 없다. 얀은 숲을 내려가며 자신에게 특별한 의미를 지닌 숲에 조용히 작별 인사를 건넨다.

숲의 끝자락에 도착하자 마을의 집들이 보이기 시작했다. 어느새 깊이 내려와 있는 어두운 태양 빛은 초저녁이 되었음을 알리고 있었다. 얀은 숲을 벗어나 다시 유채밭을 지나간다.

얀은 숲에서 보낸 시간이 자신의 내면에 변화를 일으켰음을 느낀다. 유채밭의 아름다움이 전보다 더 또렷하게 눈에 들어온다. 유채밭은 저녁의 태양 아래 황금빛으로 물들었고, 유채꽃은 바람에 가볍게 흔들리고 있다.

이제야 얀은 지금, 여기에 온전히 존재하고 있다는 느낌을 받는다. 거리를 따라 계속 걸어가던 얀의 눈에 잠시 후 부모님의 집이 보인다.

집에 들어서자, 저녁 식사 준비가 한창이다. 반갑게 뛰어나온 어머니가 얀을 따스하게 안아주고, 이어 나온 아버지도 다정한 손길로 얀의 어깨를 두드린다.

"환영한다, 아들아."

얀은 샤워를 하고 깨끗하게 세탁된 편안한 옷으로 갈아입은 다음, 부모님과의 저녁 식사 자리를 기분 좋게 즐긴다.

얀의 얼굴에 드러난 편안함은 부모님에게도 고스란히

전달된다. 얀은 숲에서 본 것들에 대해 설명하고, 잠시 멈췄던 모험을 다시 시작한 어린아이처럼 숲의 소리와 냄새, 동물들의 이야기를 이어나간다. 이 집이 얼마나 소중한 것들에 둘러싸여 있는지를, 얀은 부모님과 함께 나누고 싶었다.

다시 돌아온 집에서 얀은 온전한 행복을 누린다. 늦은 저녁 시간, 기분 좋은 배부름과 산책이 남긴 나른한 피로를 느끼며 얀은 어린 시절 자신이 놀던 방의 침대에 몸을 눕힌다.

얀의 시선은 한참 동안 벽과 천장에 머무른다. 작은 마을, 숲, 커다란 너도밤나무, 부모님, 이 집 그리고 이 방. 이것은 얀의 근원이고, 고향이다. 이 모든 것과 자신이 깊이 연결되어 있음을 느끼며 얀은 온전한 행복 속에서 편안하게 잠이 든다.

나만을 위한 하루

잠에서 깨어났을 때 나는 꽤 오래, 깊은 잠을 잤다는 것을 느낄 수 있었다. 밤사이 몸이 가벼워진 느낌이고, 건강한 수면이 남긴 에너지는 여전히 내 몸 안에 남아 있다.

나는 닫혀 있는 침실 창문을 통해 빗소리를 들으며 눈을 뜬다. 발 너머로 어둑해진 방이 보이고, 이를 통해 흐린 하늘에서 비가 내리고 있다는 것을 알 수 있다. 공간을 채우고 있는 것이라고는 창문 틈으로 새어 들어오는 은은하고 몽롱한 아침의 빛이 전부다.

나는 침실 반대편에 있는 커다란 창문 너머로 쏟아지는

비를 바라보며 그 소리에 귀를 기울인다. 건조하고 뜨거운 여름이다. 몇 주 째 비가 내리지 않았던 터라, 쏟아지는 비가 반가울 따름이다. 나무와 꽃, 풀과 잔디를 떠올려 본다. 시원하게 쏟아지는 빗물을 흡수하고 나면 언제 그랬냐는 듯 신선한 생명력을 뽐내겠지. 그토록 기다렸던 시원한 비가 도시 위로 쏟아지는 아침이다.

재빛 하늘로 얼룩진 일요일의 시원한 비는 나에게도 선물과 같다. 하루 종일 집에서 쉴 계획이기 때문이다. 오늘은 며칠 전부터 온갖 약속과 의무, 외출, 업무 들을 비워두었던 날이기도 하다. 특히나 일정이 많고 분주한 한 주를 보낸 나에게는 그 무엇보다도 휴식이 절실했다. 그러므로 오늘 나는 온종일 집에서 편안하게 휴식을 취할 것이다. 오롯이 나 혼자서.

나는 집에서 보내는 시간을 무척이나 좋아한다. 이른 아침부터 늦은 밤까지, 마음이 내키는 대로 하루를 보내는 것. 한 번쯤은 모든 것을 내려놓고 나에게 온전한 휴식을 허락하는 것. 그런 하루가 내게는 꼭 필요했다.

이불 속에서 빠져나온 나는 저렴하지만 편안한 실내화에 두 발을 넣는다. 나의 걸음은 가장 먼저 창가로 향한다. 바깥을 내다보기 위해서다. 내가 사는 6층에서는 커다란 나무 너머로 거리 전체가 내려다보인다.

하늘은 어두운 회색으로 뒤덮여 있고, 촉촉이 젖은 나무의 우듬지는 빗물이 떨어지는 박자에 맞춰 흔들흔들, 가볍게 춤을 추고 있다.

나는 창문을 열어 바깥의 공기를 깊이 들이마신다. 신선하고 축축한 여름의 공기가 내 안에 스며든다. 들이마시고 내쉬고, 들이마시고 내쉬고…. 기분 좋게 호흡을 반복하며 나는 지붕들 너머로 저 멀리 보이는, 도심을 빼곡하게 채우고 있는 높은 빌딩들을 물끄러미 바라본다.

비는 마치 샤워를 하듯, 거센 줄기로 도시의 묵은 때를 씻기고 있다. 왠지 모르게 안도감을 불러일으키는, 비 오는 날의 풍경이다. 지난 몇 주 동안 도시를 뜨겁게 달구었던 한여름의 무더위가 빗줄기 속에서 부서지는 듯하다.

나는 천천히 욕실로 향한다. 쏴솨, 마치 비를 맞듯 샤워기에서 떨어지는 물줄기로 몸을 깨운 다음, 깨끗한 수건으로 몸을 닦는다.

이어 나는 옷장에서 편한 옷을 골라 입는다. 휴식이 필요할 때마다 찾아 입곤 하는, 사이즈가 꽤 큰 회색 면 티셔츠다. 티셔츠 아래로는 거슬릴 것 하나 없이 편한 검은색 잠옷 바지를 챙겨 입는다. 보드라운 울로 만들어진 두꺼운 하늘색 털양말을 신는 것도 잊지 않는다. 비가 내리는 아침, 평소보다 선선한 집 안의 기온으로부터 내 발을 따뜻하게 지켜줄 테니.

주방으로 가는 길에 나는 복도에 있는 거울 앞에 잠깐 멈추어 선다. 편한 옷차림의 내 모습이 그 어느 때보다도 보기 좋다. 내가 느끼는 편안함이 내 모습에서도 고스란히 드러나는 것 같다.

주방에 들어간 나는 커피를 만들기 위해 물을 올린다. 뜨거운 커피 한 잔으로 하루를 시작하는 것만큼 좋은 일이 없기 때문이다. 나는 선반에서 프렌치프레스를 꺼낸다. 분쇄한 원두에 뜨거운 물을 부은 다음, 플런저라는 이름을 가진 필터를 눌러 커피를 짜낸 뒤 커피 찌꺼기를 분리하면, 추출된 커피만 안에 남는 방식의 포트다.

나는 선반에서 원두 가루가 든 팩 하나를 꺼낸다. 어제 인근에 있는 자그마한 원두 가게에서 사놓은 것이다. 이 커피 원두가 어떤 맛을 가지고 있을지 나는 무척이나 궁금했다. 나는 팩을 뜯어 커피의 향을 깊이 들이마신다. 커피콩의 고소하면서도 짙은 향이 코끝에 닿는다. 방금 갈아낸 커피의 냄새를 맡는 것은 커피의 맛을 즐기는 것만큼이나 근사한 일이다.

그 사이 물이 끓기 시작했다. 나는 원두 가루 몇 스푼을 프렌치프레스에 넣은 뒤, 그 위로 뜨거운 물을 붓는다. 원두 가루와 물이 만나며 작게 춤을 추는 듯하더니, 몇 초 만에 고운 가루로 변하며 까만 액체를 만들어낸다. 원두 가루의 일부는 프렌치프레스의 바닥으로 가라앉고, 일부는 수면 위에서 부지런히 헤엄을 친다. 나는 티스푼을 하나 꺼내 원두 가루가 잘 녹아들도록 커피를 저어준다. 어느새 커피 향이 공간을 가득 채운다.

커피가 우러날 수 있도록 잠깐 프렌치프레스를 그대로 놔둔 채 나는 아침 식사 준비를 시작한다. 어제 저녁 미리 준비해둔, 라이스밀크를 부어 부드러워진 오트밀과 아마씨, 해바라기 씨, 치아시드에 꿀을 발라 로스팅한 아몬드와 오트밀, 헤이즐넛을 더한 뮤즐리를 냉장고에서 꺼낸다. 부드러운 뮤즐리와 바삭한 뮤즐리의 조합은 내가 매우 좋아하는 것이기도 하다. 여기에 신선한 라즈베리 한 줌과 잘게 자른 바나나 반 개, 사과 몇 조각을 곁들인다. 마지막으로 시나몬 가루 한 줌을 뿌리고 나니, 내가 가장 좋아하는 아침 식사가 완성됐다.

몇 분 정도가 지났을까. 커피가 충분히 우러났을 시간

이다. 나는 프렌치프레스의 필터를 천천히 아래로 눌러 원두 가루를 포트 바닥에 압축시킨다. 그런 다음, 내가 좋아하는 빨간 커피잔을 꺼내 가루를 걸러낸 따뜻한 커피를 따른다. 식탁 앞에 앉은 나는 잠시 아침 식사가 차려진 식탁을 바라보다가 깊게 숨을 내뱉는다.

이렇게 편안하게 이곳에 앉아 맛있는 아침 식사를 즐길 수 있다니. 그 어느 때보다도 커다란 감사의 마음이 차오른다.

나는 아침 식사를 한껏 즐긴다. 천천히 천천히, 뮤즐리를 한 입 먹을 때마다, 커피를 한 모금 마실 때마다, 그 맛과 향에 집중한다. 중요한 것은 내가 살고 있는 지금 이 순간일 뿐, 신문이나 핸드폰, 라디오가 그것보다 앞설 수는 없다. 배부른 아침 식사와 투두둑 소리를 내며 떨어지는 빗소리 그리고 지금의 나, 그것만이 이 순간에 존재하는 전부다.

식사를 다 마친 후에도 나는 곧바로 일어나지 않고 자

리에 앉은 채로, 하고 싶은 일이 무엇인지를 차분히 생각한다. 숨을 깊이 들이마시고 내쉰 다음, 마음이 답을 하기를 기다린다.

생각보다 빠르게 나의 마음이 반응을 한다. 갑자기 오래된 캔버스가 떠오른 것이다. 사용하지 않은 지 꽤 오래됐지만, 버리지 않고 창고에 보관해둔 캔버스. 사놓기만 하고 한 번도 사용한 적이 없었던 커다란 아크릴 물감 팔레트도 떠올랐다. 설레는 마음이 배를 간질이는 것을 느끼며, 나는 그림을 그리기로 마음먹고 자리에서 일어난다.

거실에는 금세 작은 아틀리에가 마련된다. 캔버스와 이젤, 아크릴 물감, 붓. 그림을 그리고 싶은 나에게 필요한 것들이 준비되어 있다.

예전에 그림을 그릴 때마다 입곤 했던 오버롤을 꺼낸 후, 나는 빠르게 옷을 한 번 더 갈아입는다. 로열 블루 컬러의 오버롤에는 옷 전체에 바싹 마른 페인트 얼룩이 남아 있다. 혹여 그림을 그리다 옷이 더러워지지는 않을까 걱정할 필요는 없을 것 같다.

언제 그림을 그렸는지 기억조차 나지 않을 정도로 오랜만이다. 그림 그리기는 내가 가장 좋아하던 일 중의 하나였다. 기분 좋은 향수의 감정이 나를 사로잡는다.

본격적으로 그림을 그리기 전, 나는 이 향수의 감정을 증폭시키고 싶어졌다. 음악이 필요하다는 생각에 나는 예전에 자주 들었던 재즈 음악을 튼다. 음악 소리와 함께 내 안에 에너지가 차오르는 듯하다. 음악을 들으며 나는 천천히 그림을 그리기 시작한다.

지금 내 손은 하늘을 그리고 있다. 까만 먹구름이 캔버스의 가장자리를 따라 흩어진다. 창밖으로 보이는 풍경에서 영감을 얻은 그림이다.

캔버스의 중앙으로 갈수록 하늘은 밝아진다. 구름 뒤로 파랑의 맑은 하늘이 모습을 드러낸다. 캔버스 오른쪽으로는 빛나는 태양을 그려 넣는다. 햇살은 먹구름의 테두리를 흰색으로 감싸고 있다. 먹구름이 서서히 밝아지며 뒤에 감춰져 있던 눈 부신 태양이 드러나는 순간을 담고 싶었다.

그림을 바라보고 있노라니, 그림과 내가 하나로 연결된 것 같은 감정이 나를 사로잡는다. 그것은 마치 내 안에 있던 먹구름이 흩어지며 따스한 햇살에 자리를 내어주는 듯한 느낌이다.

지금 나의 마음은 몹시 평안하다. 물론 때로는 삶이 크게 요동을 치곤 하지만, 내 안에는 확신이 있다. 시커먼 먹구름이 모든 것을 가려도 태양이 그 뒤에서 조용히 빛나고 있던 것처럼, 흐린 날씨가 지나고 나면 이윽고 맑은 하늘이 찾아온다는 것을 나는 잊지 않기로 다시 한번 다짐한다. 그것이 내 마음에 똑같이 적용된다는 것도.

마지막 붓칠을 하며 나는 그림이 완성되었음을 느낀다. 완성된 그림을 가만히 바라본다. 내가 만들어낸 작품이 무척이나 자랑스럽고, 이 순간 나는 빈틈없이 행복하다.

밖에는 여전히 거센 바람과 함께 비가 쏟아지고 있다. 하지만 나의 캔버스와 내 마음의 날씨는 맑게 갠지 오래다.

(어른을 위한 수묘 아트)

나는 시계를 확인한다. 어느새 몇 시간이 흘러 오후가 되었다. 시간이 얼마나 흘렀는지도 모른 채 그림에 빠져 있었던 모양이다. 하지만 상관없다. 오늘은 시간이 중요한 날이 아니니까.

욕실에서 손에 묻은 물감을 지우는 사이, 꼬르륵 소리를 내며 배가 신호를 보내온다. 먹을 준비가 되어 있음을 느끼며 나는 곧장 주방으로 향한다.

먹고 싶은 메뉴를 고민한 끝에 나는 파스타를 만들기로 결정한다. 면을 삶기 위해 냄비에 물을 붓고 약간의 소금을 더한 다음, 버튼을 눌러 인덕션을 켜고 냄비를 올린다. 이어 선반에 있던 도마를 꺼내 각종 채소를 썬다. 마늘과 양파, 당근, 주키니, 신선한 토마토를 작은 주사위 모양으로 자른다. 마늘을 썰자 특유의 강렬한 향이 내 코를 자극한다. 나는 마늘의 향을 좋아한다. 양파는 맵지 않고, 신선하다. 내 눈에서 눈물을 자극하지도 않는다. 나는 큼지막한 프라이팬을 꺼내 올리브유를 두른 다음, 마늘과 양파를 볶기 시작한다.

몇 분 사이에 주방은 맛있는 냄새로 가득 찬다. 나도 모르게 침이 고인다. 올리브유에 볶은 마늘과 양파의 냄새가 퍼지자, 주방이 조금 더 정겹게 느껴진다.

나는 볶은 양파와 마늘에 약간의 레드와인을 추가한 다음, 보글보글 끓는 빨간 액체를 바라본다. 여기에 남은 채소와 물 한 컵을 더하고, 유리 뚜껑으로 프라이팬을 덮은 다음, 채소가 익기를 기다린다. 프라이팬에 넣은 재료 중 가장 큰 부분을 차지하는 것은 단연 토마토다. 뜨거운 불 위에서 토마토가 서서히 익으며 점점 토마토소스로 변하고 있다.

그 사이, 냄비의 물이 끓기 시작한다. 파스타 면을 넣고 15분을 더 끓인다. 면이 익어가는 동안, 토마토소스에 신선한 허브를 더하고, 소금과 후추로 간을 맞춘다. 이 모든 것이 맛있게 익기를 기다리며 나는 맛있는 냄새를 한껏 음미한다.

마지막으로 잘 익은 면을 체에 걸러 물기를 제거한 후,

토마토소스와 섞어준다. 이제, 먹을 시간이다.

나는 완성된 파스타를 거실에 있는 커다란 테이블에 내려놓는다. 파스타를 맛보기 전, 접시에 담긴 파스타를 자세히 들여다본다. 알록달록한 색깔의 파스타 면과 빨간 토마토, 주키니, 불에 그을린 양파…. 나는 눈을 감고 맛있는 음식의 향기를 내 안에 가득 채워 넣는다.

내 앞에 놓인 식재료들은 어떻게 자라 또 어떻게 여기까지 왔을까. 이것이 하나의 음식으로 완성되어 나의 테이블에 오르기까지 이 재료들을 키우기 위해 얼마나 많은 이들의 수고가 더해졌을까. 채소와 곡식이 자랄 수 있도록 모자람이 없이 영양분을 공급해주었을 태양과 물, 씨를 뿌리고 정성스럽게 키워 마트에서 판매하기까지 그 긴 과정에서 거쳤을 수많은 손. 이 모든 것을 통해 이들은 풍성한 한 끼 식사가 되어 내 앞에 놓였다.

맛있고 신선한 음식을 먹을 수 있다는 사실에 대한 감사가 내 안에서 조용히 퍼져나간다. 이 감사의 마음을 그리고 풍미가 가득한 파스타의 맛을 나는 온전히 즐긴다.

음식을 다 먹은 후에도 나는 한동안 테이블 앞에 앉아 있다. 바로 이 자리, 이 테이블 앞에서 보냈던 수많은 시간을 떠올려본다. 친구들, 가족들과 함께 요리하고 음식을 나눴던 기억. 이 기억은 오전에 느꼈던 오래된 향수의 감정과 연결된다. 나는 이 감정에 생기를 더하기로 결심하고 자리에서 일어난다.

침실로 간 나는 침대 아래에서 빨간 상자 하나를 꺼낸다. 오랫동안 꺼낸 적이 없었던 상자다. 나는 상자를 들고 거실로 나와 바닥에 앉아 뚜껑을 연다. 설렘 탓인지, 배가 기분 좋게 간질거린다. 아주 오래된 편지와 엽서, 사진과 기념품 들이 모습을 드러낸다.

나는 그 안에 담긴 기억을 하나씩 꺼내어 자세히 살펴본다. 오래된 이야기가 떠오르고, 나는 그 이야기에 빠져든다.

나는 어린 시절 친구들에게 받은 생일 카드와 여행지에

서 보내온 엽서를 하나하나 읽어본다. 나와 기쁨을 나누려는 사람들이 내 주변에 이렇게나 많다는 사실이 나를 즐겁게 한다. 어떤 카드를 읽을 때는 미소가 번지고, 또 어떤 편지를 읽을 때는 큰 소리로 웃음을 터뜨리지 않을 수 없다.

학창 시절 같은 반 친구들과 함께 찍은 단체 사진도 있다. 오랫동안 생각할 일이 없었던 반 친구들을 한 명, 한 명 떠올려본다. 긴 시간이 흘렀지만, 여전히 어제 일인 것처럼 느껴지는 학창 시절의 크고 작은 모험들까지도.

나는 상자 속 물건들을 따라 어린 시절부터 오늘에 이르는 추억 여행을 즐긴다. 타인과 나누었던 우정과 사랑의 순간들이 그 안에 빼곡하게 채워져 있었다.

거실에 앉아 추억을 돌아보는 사이, 이토록 아름다운 기억과 사람들을 곁에 둔 나는 그 누구보다도 행복한 사람이라는 사실을 다시 한번 선명하게 깨닫는다.

상자의 내용물을 하나하나 다 살펴본 나는 조심스럽게 그 물건들을 다시 담은 후 상자의 뚜껑을 덮는다. 이 마음

그대로 따뜻한 욕조에 들어가 과거로의 짧은 추억 여행을
저녁까지 조금 더 이어가고 싶은 생각이 든다.

　나는 따뜻한 물을 채운 욕조에 라벤더 오일 몇 방울을
떨어뜨린다. 라벤더의 향은 진정 효과를 가지고 있다. 욕
조에 들어가 눈을 감은 채로 라벤더의 향과 물의 온기를
느낀다. 호흡에 맞춰 배가 부풀어 올랐다가 내려가기를
반복한다. 물속에서 내 몸은 마치 공중에 떠 있기라도 한
듯 가볍게 느껴진다. 물의 온도도 적당하다. 근육이 이완
되고, 몸 전체가 나른해지는 느낌이 든다. 동시에 내 머릿
속에는 오래된 기억들이 짙은 향수를 남기며 스쳐 지나
간다.

　잠시 후, 어린 시절에 대한 기억이 희미해지는가 싶더
니, 이내 감각이 내 몸을 지배하기 시작한다. 냄새와 빛,
색, 미세한 소리와 물의 온도. 나는 천천히 눈을 감고 라
벤더의 향을 들이마신다. 물의 온기는 내 피부를 부드럽
게 감싸고 있고, 호흡을 할 때마다 찰랑찰랑 물이 움직이

며 귀여운 소리를 낸다.

한참 동안 욕조에서 시간을 보낸 나는 이내 눈을 뜨고 팔과 다리를 움직여 욕조에서 빠져나온다. 젖은 몸을 부드럽게 닦고 샤워가운을 걸친다. 하루가 서서히 마무리되어가고 있다.

어느새 저녁이 되었다. 하루를 마무리하기 전, 핫초코 한 잔의 여유를 즐기고 싶었던 나는 핫초코를 끓여 창가에 놓인 거실 소파로 향한다. 늦은 오후에 점심을 먹은 탓인지 배가 고프진 않다.

욕조에 충분히 몸을 담근 덕분인지, 몸의 긴장은 조금도 남아 있지 않다. 나는 핫초코가 담긴 따뜻한 머그컵을 두 손으로 감싸 안는다. 따뜻한 초콜릿의 향을 깊이 들이마시며, 나는 창밖으로 시선을 돌린다.

빗줄기가 제법 약해진 모양이다. 하늘이 천천히 개고 있었다. 그 모습을 보며, 나는 오늘 그린 그림을 떠올린다.

잠시 후, 몇 분도 지나지 않아 비가 그치고 청명한 저녁 공기가 하늘을 뒤덮는다. 먹구름이 사라진 자리에는 창백한 파란색의 하늘이 모습을 드러낸다. 지평선 너머에 붉은 저녁의 태양이 걸려 있다. 서정적이면서도 선명한 저녁의 풍경이다.

나는 창문을 열어 신선한 저녁 공기를 집 안으로 들여보낸다. 온종일 배경음악처럼 깔려 있던 빗소리는 사라지고, 쾌적한 고요만이 공간을 지배한다. 이 순간이 선명하게 느껴진다.

나무에서는 잎사귀에 달려 있던 마지막 빗방울들이 또르르 소리를 내며 떨어지고, 그 사이로 이따금 새들의 노랫소리가 들린다. 따뜻한 핫초코를 한 모금 넘기니, 배에 기분 좋은 온기가 퍼진다.

나는 한동안 소파에 앉은 채로 어두워지는 하늘을 바라본다. 석양이 머금은 붉은 빛이 저 먼 곳으로 자리를 옮기고 공기가 차가워진 후에야 나는 창문을 닫고 자리에서 일어난다. 잠자리에 들 시간이 찾아온 것이 이 순간 나를 행복하게 한다.

양치를 하고 잠옷으로 갈아입은 후, 나는 이불 속으로 들어간다. 이불 안에 금세 기분 좋은 온기가 번진다. 침대 매트리스는 나를 안전하게 지탱해주고, 내 머리 아래 놓인 푹신한 베개는 포근하게 머리를 받쳐준다.

나는 눈을 감고 오늘 하루를 돌아본다. 지금, 나는 이 편안함을 온전히 누리고 있다.

마치 오늘이라는 하루와 내가 하나가 된 것 같은 기분이 든다. 나의 몸과 마음에 유익한 날이었다. 짧은 여행을 마친 느낌이랄까. 오늘 하루를 나를 위해 오롯이 즐겼다는 사실이, 나는 무척이나 만족스럽다.

깊은 만족감 속에 나의 의식은 점점 흐릿해진다. 그리고 마침내, 나는 몸과 마음을 회복시키는 깊은 잠에 빠져든다.

푸른 섬

나는 현관을 나선다. 적당한 온기를 지닌 여름이 나를 반기는 날씨다. 6월의 어느 날 오전, 머리 위로는 파란 하늘이 청명하게 펼쳐져 있고, 거리 위로는 하루의 이른 햇살이 내리쬐고 있다. 새들이 활기차게 노래를 부르는, 여름의 냄새를 가득 머금은 날이다.

휴가인 오늘, 나는 도심의 공원으로 산책을 나갈 계획이다. 잠을 푹 자고 일어나 따뜻한 물에 샤워를 한 후, 담요와 먹을 것 조금을 가방에 챙겨 길을 나선다.

여름이면 나는, 해가 높이 뜨기 전인 오전 시간을 이용해 푸릇푸릇한 자연으로 나가는 것을 즐기곤 한다. 핸드폰은 챙기지 않는다. 처음에는 다소 허전한 듯해도, 그 누구의 연락도 받지 않고 나 또한 연락할 필요 없이 자연 속에서 온전히 시간을 보내는 것이 얼마나 멋진 일인지를 오랜 경험을 통해 알고 있기 때문이다.

나는 안뜰에 세워져 있던 자전거를 도로로 끌고 나온다. 은색 바퀴에 갈색 안장이 달린 자전거의 핸들 아래에는 라탄 바구니가 달려 있다. 얼마 전에 구입한, 나에게는 무척이나 편하게 느껴지는 자전거다. 이 자전거를 탈 때마다 나는 자유의 감정을 느낀다.

라탄 바구니에 배낭을 넣은 후, 나는 자전거의 페달을 밟으며 공원을 향해 달린다. 안장 위에 곧고 편안하게 자리를 잡은 덕분인지 페달을 밟고 앞으로 나아가는 데 힘이 들지 않는다. 그렇게 나는 이웃 주민들이 살고 있는 조용한 주택가를 달린다.

도심의 공원은 집에서 몇 분 거리에 위치해 있다. 도심의 대부분을 차지할 정도로 거대한 크기의 공원은 전 구역에서 자전거를 타는 것이 가능하다. 나는 공원의 남문에서 북문을 향해 거침없이 페달을 밟는다. 공원의 북쪽에는 내가 자주 찾는, 조용하고 아름다운 공간이 있다. 오늘의 목적지도 바로 그곳이다.

공원에 도착하자 드넓은 녹지대가 내 눈 앞에 펼쳐진다. 자전거 도로는 광활하게 뻗은 잔디밭의 가장자리를 따라 조성되어 있다. 한여름의 잔디는 길고 거칠게 솟아 있고, 공원의 가장자리를 울타리처럼 두른 나무들도 하나같이 눈부신 초록을 뽐내며 건강한 모습으로 서 있다.

아직 공원에는 사람이 많지 않다. 이따금 산책을 하는 사람이나 조깅을 하는 사람, 잔디에서 휴식을 취하고 있는 사람이 몇몇 보이는 정도다.

워낙 익숙한 산책로이므로 어디로 갈지 고민할 필요도 없다. 보이지 않는 힘에 의해 공원을 떠다니는 듯한 느낌이 들 정도로 여유롭게, 나는 자전거 페달을 밟는다.

잔디 위로 신선한 여름 바람이 불어오고, 나무와 잎사귀들을 툭, 툭 건드린다. 내 얼굴과 머리카락에도 바람이 와닿는다. 기분이 좋아지는 온화한 바람과 코끝에 닿는 자연의 냄새. 바람이 잘 통하는 시원한 여름옷을 입은 덕분에 나는 두 다리와 샌들을 신은 두 발, 햇살에 드러난 팔과 손, 어깨 그리고 흩날리는 내 옷에서 기분 좋은 바람을 온전히 느낄 수 있다.

서서히 자유의 감정이 내 안에 퍼져나간다. 이는 여름이라는 계절이 선물하는 감정이기도 하다. 나는 상쾌한 공기를 깊이 들이마시고, 내쉬기를 반복한다. 이 마법 같은 순간이 무척이나 행복하게 느껴진다.

데이지 꽃이 활짝 핀 잔디 들판에서 반려견과 놀이를 하고 있는 여자의 모습이 보인다.

'달마티안이네.'

흰색 바탕에 동그랗고 검은 반점이 그려진 털, 검은색 귀가 영락없는 달마티안이다.

놀이가 무척이나 재미있는지 개는 방금 전 여자가 던진 막대기를 낚아채기 위해 힘차게 잔디 위를 질주한다. 개가 막대기를 물고 돌아오자 여자는 기뻐하며 개의 머리를 쓰다듬는다. 달마티안만큼이나 여자도 이 놀이를 즐기고 있는 것처럼 보인다.

여자가 막대기를 던질 때마다 달마티안은 전속력으로 달려가 물고 온 자그마한 막대기를 여자의 발 앞에 내려놓는다. 그런 다음, 호기심 어린 눈빛으로 혓바닥을 길게 빼고 헥헥거리며 여자를 올려다본다. 여자는 "잘했어!"라는 말을 반복하며 무척이나 사랑스럽게 달마티안의 목덜미를 쓰다듬어준다. 개도 여자의 손길을 무척이나 좋아하는 것처럼 보인다.

여자는 옷의 가슴 부근에 달린 작은 포켓에서 간식을 꺼내어 달마티안에게 건네고, 달마티안은 조심스럽게 그것을 받아 문 다음 신나게 먹는다. 질주에 대한 보상이 마음에 드는 눈치다. 간식을 먹자마자 달마티안은 자리에서 일어나 잔뜩 기대하는 눈빛으로 다시 막대기를 주워올 준비가 되었음을 여자에게 알린다. 휘익. 여자는 드넓은 초원 위로 또 한 번 막대기를 던지고, 막대기는 원만한 포물선을 그리며 저 멀리 날아간다. 막대기 놀이가 다시 시작됐다.

자전거 위에서 이들을 바라보며, 나는 이들의 기분 좋은 에너지가 나에게 고스란히 전달되고 있음을 느낀다. 내 입가에 엷은 미소가 번진다. 지금 이 순간, 나는 행복하다.

어느덧 나는 얕고 투명한 시내가 흐르는 곳에 도착한다. 아직 시내가 보이는 곳에 도착한 건 아니다. 졸졸졸 시냇물 흐르는 소리가 먼저 나를 반긴 것이다. 나는 아치형의 짧고 흰 돌다리 위로 시내를 건넌다.

다리의 한 가운데에 도착한 나는 잠시 가던 길을 멈추고 시냇물을 내려다본다. 이유를 설명할 수는 없지만, 나는 시내를 바라보는 것을 좋아한다. 그래서 기회가 있을 때마다 시간을 내어 시내를 찾곤 한다. 흐르는 시냇물을 바라보고 있는 것만으로도 마치 선물처럼, 내 마음에 안정이 찾아오기 때문이다.

시내의 양옆으로는 커다란 수풀과 나무 몇 그루가 자라고 있다. 어떤 나무의 가지는 시냇물에 닿을 정도로 길게 뻗어 있다. 시냇물이 얕고 어찌나 맑은지 다리 위에서도 시내 바닥에 가라앉은 회색의 돌맹이들이 선명하게 보일 정도다. 시내 주변에서 자라고 있는 초록의 식물들과 태양이 내리쬐는 빛이 수면 위에 반사되고 있다.

시내가 흐르는 방향을 따라 움직이던 나의 시선은 이윽고 1미터 아래로 떨어지고 있는 작은 폭포에 머무른다. 이끼로 뒤덮인 절벽의 바위들이 시내 곳곳에서 모습을 드러내고, 바위에 부딪친 시냇물은 거품을 만들며 바위 사이로 빠져나와 아래쪽으로 한꺼번에 쏟아진다. 솨, 솨. 일정하게 반복되는 폭포 소리가 다리 위에서도 들린다.

폭포 소리와 조화로운 시냇물 소리에 매료되어 한참을 다리 위에 서 있던 나는 이내 다시 페달을 밟기 시작한다. 몸과 마음이 아까보다 더 편안해진 느낌이다.

자전거 길은 커다란 나무와 무성한 수풀에 둘러싸인 그늘 아래로 이어진다. 그늘 진 자전거 길은 적당히 어두웠는데, 내리쬐는 햇빛 아래를 달릴 때보다 훨씬 선선한 느낌이다.

그 순간, 코 끝에 갑자기 어떤 냄새가 와닿는다. 무슨 냄새인지 알 수는 없지만, 어디선가 맡아본 적 있는 것 같다. 향긋한 냄새가 순식간에 내 식욕을 자극한다. 주위를 둘러본 나는 이것이 무슨 냄새인지를 바로 알아챈다. 곰파˙였다. 길 가장자리를 따라 어여쁜 흰 꽃이 핀 채 작고 납작하며 짙은 녹색을 띤 곰파가 자라고 있었다. 곰파의 냄새는 마늘과 비슷했다. 곰파를 볼 수 있는 시기가 거의 끝난 상태였으므로, 나는 ─ 어쩌면 올해 마지막일지도 모르는 ─ 곰파와의 만남이 매우 반가웠다.

내 식욕을 자극한 곰파 덕분일까. 배낭에 넣어 온 요깃거리가 생각났다. 작은 소풍을 즐길 수 있다는 기대감에

🌙 야생 마늘이라고도 불린다. 유럽 대부분 지역에서 이른 봄에 습한 숲에서 볼 수 있다.

내 마음은 한껏 부풀어 올랐다.

　몇 미터를 더 이동하자 그늘진 숲길이 사라지고, 나무들이 가장자리를 둘러싸고 있는 잔디밭이 나타난다. 드넓은 잔디밭 위로 햇살이 쏟아져 내리고 있다. 잔디 사이로 민들레와 데이지가 얼굴을 내밀고, 이따금씩 거대한 활엽수도 보인다. 자연으로 피크닉을 즐기러 나온 사람들은 나 말고도 또 있었다. 저마다 편한 자리를 찾아 앉은 사람들 사이로 나도 한적한 곳을 찾아 이동한다.

　이 구역은 공원 내에서도 지대가 낮은 편에 속한다. 그 점이 내가 이 구역을 좋아하는 이유이기도 하다. 주변을 둘러싼 나무들이 나를 보호해주는 느낌이 들고, 조금은 외진 곳이라 혼잡하지도 않기 때문이다.

　나는 자전거에서 내려 잔디밭까지 끌고 간다. 그리고 자리를 잡을 나무를 정하고, 그 나무에서 몇 미터 정도 떨어진 곳에 자전거를 세운다.

　나는 배낭에서 담요를 꺼낸다. 흰색 꽃무늬가 그려진

파란 담요다. 커다란 반동과 함께 나는 담요를 펼쳐 잔디 위에 깐다. 아주 오래된 물건이자 내가 무척이나 좋아하는 담요다. 지난 몇 년 동안, 이 담요 위에서 쌓은 소중한 추억들이 얼마나 많았는지. 혼자일 때도 있었고, 친구들과 함께일 때도 있었다. 내 인생의 자락마다 이 담요는 나와 함께였다. 꽃무늬가 그려진 평범한 담요 그 이상의 의미를 가지고 있다. 담요 위에 눕거나 앉아 있노라면 마치 푸른 섬에 누워 휴식을 취하는 것 같은 기분이 든다. 담요는 언제나 나와 함께인 나의 작은 집이다.

나는 신발을 벗고 담요 위에 올라가 책상다리를 하고 앉는다. 이 순간을 더 깊이 즐기고 싶어서다. 명상이 하고 싶어진 나는 내 주변의 소리에 가만히 귀를 기울인다.

나무 위에서 새들이 맑고 청아한 목소리로 노래를 부르고 있다. 새에 대한 지식이 있었더라면 어떤 새가 어떤 노래를 부르고 있는지를 구분할 수 있겠다는 생각이 들 정도로, 새소리가 선명하게 울려 퍼진다. 이 공간에 생기를 불어넣는 소리이기도 하다. 아름다운 선율이 특징인 소리가 있는가 하면, 무척이나 리드미컬한 소리도 있다. 불규칙적이고, 짧고, 둔탁한 소리를 내는 새들도 있다. 새들은 지저귀는 소리를 통해 연대감을 느끼고 있는 것 같다. 마치 새들의 활기찬 대화를 엿듣고 있는 듯한 느낌이 든다.

이번에는 상대적으로 더 섬세하고 작은 소리에 귀를 기울여본다. 바스락바스락, 쉬지 않고 잔디 위로 불어오는 바람이 나뭇잎을 건드리는 소리가 들린다. 바람이 내 귓바퀴를 스칠 때면 쉭, 하는 작은 소리도 들을 수 있다. 내가 인식하지 못했을 뿐, 아까부터 내 주변을 맴돌고 있던 소리다.

이어 나는 내 몸의 느낌과 나 자신에게 집중한다. 고개가 저절로 젖혀지는 듯한 느낌이 드는가 하더니, 이내 나는 햇살을 향해 얼굴을 들고 있다.

따사로운 햇살이 기분 좋게 피부 위에 닿으며 적당한 온기를 전달한다. 나는 내 얼굴을 가만히 느껴본다. 이마

125

에서부터 얼굴의 모든 부위를 지나며 그 온기를 만끽한다. 눈썹과 눈꺼풀, 코와 뺨, 입술 그리고 턱까지.

햇살의 온기는 얼굴을 지나 내 몸 전체에 전달된다. 머리에서부터 발끝까지, 목을 지나, 상체를 지나, 팔과 배를 거쳐, 허벅지를 타고, 무릎을 지나, 정강이와 발등으로 전달된다. 마치 태양의 에너지가 내 안에 가득 채워지는 듯한 느낌이다.

어느새 내 입가에는 미소가 번진다. 나는 천천히 눈을 뜨고 여전히 나를 둘러싸고 있는 짙은 초록을 가만히 바라본다.

그때, 잔디 사이로 작고 빨간 무언가가 눈에 들어온다. 넓적한 풀의 줄기를 오르고 있는 무당벌레다. 무당벌레가 기어오를 때마다 줄기는 좌우로 살짝 흔들린다. 줄기의 정상에 도착한 무당벌레는 마침내 가만히 멈추어 선다. 자신을 지탱하고 있는 줄기의 흔들림에 개의치 않고, 의연하게 햇살을 만끽하는 모습이다.

작고 빨간 무당벌레도 나만큼이나 햇살 아래 누워 있는 이 순간을 즐기는 것 같다. 무당벌레와 나 사이에 작은 연결고리가 생긴 느낌이다. 한참 동안 내 시선은 무당벌레에 머무른다. 검은 점이 가득한 빨간색 등이 무척이나 근사해 보이는 녀석이다.

이제 내 시선은 무당벌레로부터 몇 센티미터 위쪽으로 옮겨간다. 자그마한 우산을 꼭 닮은 민들레 씨앗 하나가 잔디 위를 날아가고 있다. 그제야 나는 귀여운 민들레 우산들이 내 주변을 가득 채우고 있다는 것을 깨닫는다.

민들레 씨앗들이 천천히 잔디 위로 날아오른다. 마치 슬로모션 효과가 걸린 것처럼, 천천히 경쾌하게. 나는 이들 중 하나를 따라 시선을 옮긴다. 담요 위로 날아온 민들레 씨앗이 가만히 내 배낭 위에 내려앉는다. 배낭을 본 순간, 그 안에 요깃거리가 있다는 사실이 떠오르고, 그제야 허기가 느껴진다.

나는 배낭에서 파란색 뚜껑이 덮인 통 하나를 꺼낸다.

바나나와 사과, 멜론, 딸기에 약간의 레몬을 곁들인, 아침에 준비해온 과일샐러드가 담긴 통이다. 커다란 식욕을 느끼며 나는 한 입, 한 입을 온전히 즐긴다.

음식을 먹은 후, 나는 물 한 모금으로 입가심을 하고 배낭에서 책 한 권을 꺼내 담요 위에 눕는다. 선글라스를 끼고, 배낭을 베개 삼아 책을 읽기 시작한다.

오늘 가져온 책은 보물을 찾으러 나선 한 남자의 여행기가 담긴 소설이다. 마법처럼 아름다운 문장 하나하나가 나를 매료시킨다. 나는 마법과도 같은 머나먼 세상으로 빠져들고, 시간이 가는 것도 모른 채 책을 읽어 내려간다. 어느새 태양이 저만치 이동하면서, 나무가 드리운 그늘이 내 담요 위로 내려온다. 눈부신 햇살이 사라지고 어둑해지자 책을 읽는 데도 도움이 되었다. 나는 선글라스를 벗고 편하게 책 읽기를 이어간다.

어느새 오후가 되었다. 담요 위에 누워 한참 동안 책을 읽은 탓인지, 눈꺼풀이 무겁게 느껴진다. 나는 책 읽기를 멈추고 책을 덮어 잔디 위에 내려놓은 다음, 천천히 눈을 감는다.

새들과 바람 소리가 다시 귓가를 간질이기 시작한다. 소설 속 이야기가 눈앞에 아른거리더니, 어느새 나는 새가 되어 하늘을 날고 있다. 나는 자유롭게 꿈속으로 훨훨 날아간다.

나는 편안하고 고요한 오후의 잠에 빠져든다. 공원 위에 놓인 나의 푸른 섬 위에서.

바닷가에서의 하루

부르릉대는 거친 엔진 소리가 철썩철썩 리듬에 맞춰 노래하는 파도 소리에 덮인다. 저 멀리 보이던 항구가 몇 미터 앞으로 다가왔을 즈음, 보트가 속도를 늦추더니 이윽고 완전히 멈추어 섰다.

보트가 닿은 곳은 엘라의 목적지다. 새하얀 모래사장과 시선이 닿는 곳마다 야자수가 늘어서 있는 곳. 엘라가 상상한 모습 그대로다. 터키블루색의 푸르른 바다는 햇살을 받아 반짝반짝 빛나고 있다.

커다란 나무다리 위에서 세 명의 운전기사가 손님들을

기다리고 있다. 이들은 항구에서 볼 수 있는 유일한 사람들이다.

전날 관광객으로 북적이는 섬에서 하루를 보낸 엘라는 혼잡과 서두름을 벗어나 고요와 휴식을 누리고 싶었다. 이 섬이야말로 지금 자신에게 살 맞는 장소라는 것을, 엘라는 직감적으로 알 수 있었다.

이곳은 사람들에게 많이 알려지지 않은 외딴 섬이다. 얼마 전, 한 친구가 편안하게 휴식을 누렸다며 이곳을 소개했는데, 친구의 이야기만으로도 마음을 빼앗긴 엘라는 모든 것을 내려놓고 이곳으로 여행을 오기로 결심을 했던 것이다.

엘라는 선장에게 작별 인사를 건네고 보트에서 내린다. 발아래에 나무다리의 견고한 바닥이 닿는다. 작은 배낭 하나를 메고 있는 엘라의 얼굴과 팔, 다리에 바닷바람이 기분 좋게 스쳐 지나간다. 여행의 시작과 함께 찾아온 자유의 감정을 그 어느 때보다도 강하게 느낄 수 있는 곳.

기분이 무척이나 좋다.

운전기사들은 나무다리에서 이어지는 짧은 계단 앞에 서 있다. 이들은 사람들이 '툭툭'이라고 부르는 삼륜 택시의 운전기사들이다. 엘라는 계단을 올라 기사들이 있는 쪽으로 향한다. 친절한 미소를 머금고 있는 여자 기사가 눈에 띈다. 왠지 모르게 평온함과 여유가 묻어나는 얼굴이다. 여자 기사는 정말로 바퀴가 세 개뿐인, 지붕이 달린 툭툭에 앉아 있었는데, 이 삼륜 택시의 의자가 엘라의 마음을 끌었다.

엘라는 여자 기사에게 삼륜 택시를 타고 싶다는 신호를 보낸다. 기사는 미소를 지으며 엘라에게 자리를 안내하고, 엘라는 섬의 남쪽에 위치한 자신의 행선지를 설명한다. 기사의 표정을 보니 알고 있는 곳인 듯하다. 엘라는 안도감을 느낀다.

엘라는 삼륜 택시의 뒷좌석에 편안하게 자리를 잡고 앉은 후, 배낭을 옆에 내려놓는다. 툭툭을 타고 달리는 동안 엘라의 눈 앞에 펼쳐질 열대지방의 풍경에 대한 기대가 엘라를 설레게 한다.

툭툭은 출발하고, 두 사람은 가볍고 편안한 대화를 주고받는다. 기사는 자신의 가족과 아이들 그리고 햇살이 가득한 섬에서 살아가는 삶에 대해 이야기한다. 기사의 말을 들으며 엘라는, 이곳이 한적하고 여유로운 삶을 가능하게 하는 곳이라는 생각을 한다. 도착하자마자 섬의 환대를 받는 것 같은 느낌이 든다.

툭툭은 짙은 녹색의 거친 숲을 지나 달린다. 나무들 뒤로 바다는 끝없이 이어지며 반짝인다. 한참 동안 가파른 언덕길을 오르는가 싶더니, 엘라의 왼편에 줄지어 서 있던 나무들이 점점 줄어들며 이윽고 드넓은 바다가 온전히 그 모습을 드러낸다.

"여기가 이 섬에서 가장 높은 곳이에요. 이곳에서는 인근 섬들까지도 내려다볼 수 있어요."

여자 기사는 설명 끝에 잠시 차를 멈추고 전망을 즐기는 것이 어떻겠냐는 제안을 덧붙인다. 엘라는 흔쾌히 그러고 싶다고 답한다.

　툭툭은 도로에서 멀리 떨어진 곳에 멈추어 선다. 기사
의 설명처럼 크고 작은 여러 섬들이 내려다보이는 곳이
다. 작은 바위들로 이루어져 사람이 살지 않는 어떤 섬은
바다에서 솟구쳐 올라온 듯한 인상을 준다. 나무가 무성
하게 자라 마치 물 위에 작은 숲이 둥둥 떠다니는 듯한 인
상을 주는 섬도 있다. 더 멀리 시선을 던지니, 사람이 산
다는 비교적 큰 섬도 눈에 띈다. 그 섬의 집과 도로들은
엘라가 있는 곳에서도 선명하게 보인다.

　이렇게 높은 곳에서 이토록 많은 섬을 품은 바다를 본
적이 또 있었던가. 엘라는 큰 섬이든 작은 섬이든, 섬에서
살아가는 사람들의 삶에 대해 잠시 생각한다. 비록 낯선
손님이지만, 이곳에서 이 아름다운 자연을 섬의 주민들과
공유할 수 있다는 사실이 무척이나 감사하다.

　엘라는 차를 세워 이 아름다운 순간을 누릴 수 있게 해
준 기사에게 감사의 인사를 전하고, 툭툭은 다시 달리기

시작한다. 한참 동안 언덕을 내려간 끝에 두 사람은 섬의 남쪽에 도착한다.

엘라의 숙소는 작고 한적한 마을에 위치했다. 곳곳에 집들이 보이고, 집 앞에 과일과 스낵을 파는 작은 판매대가 달린 곳도 눈에 띈다. 집과 상점의 개수와 규모로 미루어볼 때, 이곳이 관광객 유치를 목적으로 정비해놓은 마을이 아니라는 것을 알 수 있다.

툭툭은 상대적으로 규모가 있는 집 앞에 멈춰 선다. 야자나무에 둘러싸인 노란 집이다. 이곳에 오기 전 숙소의 사진을 찾아보았던 엘라는 이 집이 자신이 머물게 될 곳임을 단박에 알아차렸다. 실제 눈앞에서 보는 노란 집은 사진보다 훨씬 더 아름답다.

집 앞 테라스에 놓인 비치 의자에 젊은 여자 한 명이 앉아 있다. 여자는 엘라에게 인사를 한 뒤, 기사와 다정하게 몇 마디 대화를 주고받는다. 서로 잘 아는 사이인 것처럼 보인다.

엘라는 섬에 사는 주민들이 일상 속에서 자연스럽게 어울리는 모습을 보며 즐거움을 느낀다. 이들이 지닌 경쾌함과 순수함은 진한 전염력을 가진 듯하다.

두 사람의 짧은 대화가 마무리되고, 엘라는 운전기사와 작별 인사를 나눈다.

"행운을 빌어요."

기사에게 이 말을 전하며 엘라는 생각한다.

'우리의 인생 중에는 이렇게 우연한 만남으로 짧은 인연을 맺었다가 평생을 다시 만나지 못하는 사람들이 얼마나 많을까.'

젊은 여자가 비치 의자에서 일어나 다정한 얼굴로 엘라에게 다가오더니, 엘라를 기다리고 있었으며, 숙소는 이미 준비가 되었다는 말을 한다. 그녀는 가족과 함께 엘라가 묵게 될 숙소의 바로 앞집에 살고 있다고 자신을 소개한다. 엘라의 숙소는 손님을 맞기 위해 정원 한쪽에 지어놓은 작은 집이라고 했다.

먼저 집 주변을 둘러본 두 사람은 정원을 가로질러 안쪽에 위치한 가든 하우스로 향한다. 정원은 정성스럽게 가꾸어진 상태고, 화단과 수풀은 대칭을 이루었다. 정원의 한 가운데에는 우물물이 솟는 작은 샘이 있고, 수면 위로는 연꽃잎이 떠다니고 있다. 그 장면을 보는 것만으로도 엘라는 기분이 좋아지는 것을 느낀다.

가든 하우스에 도착하자 젊은 여자 주인은 엘라에게 집열쇠를 건넨 다음, 집과 주변 시설에 관련한 몇 가지 사항을 설명한다. 해변으로 가는 가장 빠른 길을 알려주는 것도 잊지 않는다.

"편안한 시간 보내세요."

모든 설명이 끝난 후, 여자는 엘라에게 인사를 남기고 떠난다.

마침내 가든 하우스에 혼자 남은 엘라는 가장 먼저 깊이 호흡을 한다. 천천히 숨을 들이마시고, 다시 내쉰다. 마침내 자신만의 은신처에 도착한 느낌이다.

엘라가 묵을 방은 개성이 넘치면서도 심플하게 꾸며져 있었다. 어두운 색의 나무로 마감된 천장과 가구, 레이스 무늬가 들어간 바닥은 아무리 봐도 질리지 않을 듯하다. 만다라처럼 원과 다양한 형태의 도형이 서로 맞닿아 있는 디자인이 무척이나 아름답다.

엘라는 배낭을 내려놓고 신발을 벗는다. 넓은 침대에 누워 잠깐이라도 졸고 싶어서다. 편안하게 누워 여행이 주는 긴장감을 떨쳐내는, 무척이나 기분 좋은 시간이 될 것이다.

침대 맞은편에 보이는 커다란 유리문은 발코니로 이어져 있다. 덕분에 엘라는 침대에 누운 채로 파란 하늘을 볼 수 있다. 유리문의 양옆에 드리운 커튼은 바람에 흩날리고, 그 사이로 스며든 햇살은 공간 전체를 밝히고 있다. 기분 좋은 고요가 방 안을 가득 채운다. 엘라는 기력이 회복될 때까지 조금 더 휴식을 취한다.

잠시 후, 엘라는 몸을 일으켜 발코니로 나간다. 몇 그루의 야자수 뒤로 드넓은 해변이 보인다. 그 장면을 보는 순간, 모래사장을 밟고 싶은 마음이 엘라를 사로잡는다.

깨끗하고 아름다운 욕조에서 몸을 씻은 엘라는 편한 옷으로 갈아입은 다음, 해변에서 필요한 몇 가지 물건을 가방에 챙겨 숙소를 나선다. 해변으로 이어지는 길을 따라 걸으며 엘라는 호기심 어린 눈으로 주변을 살핀다.

햇살이 따스하게 내리쬐는 기분 좋은 날이다. 해변으로 가는 길에 엘라는 주민들을 마주친다. 이들은 엘라를 다정한 미소로 반겨준다. 엘라에게 손을 흔드는 사람도 있다. 낯선 여행자가 오는 일이 드문 마을인 것 같다. 엘라도 행복한 미소를 머금은 얼굴로 이들에게 인사를 건넨다. 지구의 반대편 끝에서 전혀 다른 문화를 살고 있는 이들의 손님이 되고, 이곳의 자연과 그들이 사는 삶의 공간을 이토록 편안하게 공유할 수 있다니. 엘라의 마음에 감사가 가득 차오른다. 말로는 다 표현할 수 없는 만족감이 엘라의 내면에 번져나간다.

해변에 가까이 다가갈수록, 엘라의 눈 앞에 펼쳐진 바다의 수평선이 점점 더 넓게 펼쳐진다. 호흡을 할 때마다 짭짤한 바닷물의 향이 갈수록 진하게 느껴진다.

길 끝에서 한 남자가 간이 의자에 앉아 우산을 쓴 채로 과일을 팔고 있는 게 보인다. 열대과일을 보자마자 식욕이 생긴 엘라는 남자에게서 과일 몇 가지와 코코넛 주스를 구입한다.

해변에는 사람이 많지 않다. 이렇게 한적한, 숨이 멎을 것처럼 아름다운 해변을 본 적은 처음이다.

엘라는 배낭에서 담요를 꺼내 모래사장 위에 펼친 다음, 그 위에 편안히 자리를 잡고 앉는다. 그리고 차분하게 이 순간이 자신에게 주는 에너지를 만끽한다.

엘라의 눈앞에는 터키블루색의 드넓은 바다가 펼쳐져 있고, 바다는 오후의 태양 아래 아무런 말 없이 반짝인다. 유리처럼 투명한 수면 아래로 검은 산호초가 보인다.

깊은 파란색의 하늘은 구름 한 점 없이 맑다. 저 멀리 언덕 위에서 보았던 바위와 섬들도 보인다. 수평선을 따라 솟아난 바위들은 언덕 위에서 볼 때보다 면적이 좁은데, 그래서인지 무중력 상태에 있는 것처럼 보이기도 한다.

엘라는 조금 전 과일가게 주인이 코코넛의 뚜껑을 잘라 내어 준 코코넛 주스를 한 모금 마신다. 이토록 차갑고 신선한 주스라니. 코코넛 주스의 맛을 음미하기 위해 한 모금 한 모금을 아주 천천히 들이마신다.

가벼운 바람이 엘라의 머리카락과 살결을 스치고 지나간다. 엘라는 바다가 주는 신선한 공기를 깊이 들이마시고, 천천히 내뱉는다.

엘라의 시선이 드넓은 바다로 향한다. 이제야 몸과 마음이 온전히 이곳에 도착한 느낌이 든다.

꼬르륵꼬르륵. 엘라의 위가 신호를 보낸다. 그제서야 자신이 꽤 오랜 시간 아무것도 먹지 않았다는 사실을 깨달은 엘라는 배낭에서 과일을 꺼낸다.

엘라가 처음으로 고른 과일은 망고스틴이다. 보랏빛

이 도는 망고스틴의 겉모습은 크기나 색깔로 볼 때 자두와 비슷하다. 하지만 자두보다는 조금 더 동그란 모양이고, 작고 두꺼운 나뭇잎 형태의 꼭지 세 개가 마치 모자를 쓴 것처럼 과일 위에 얹어져 있다. 전에도 망고스틴을 먹어본 적이 있었던 엘라는 껍질을 벗기기 위해 두 손으로 과일을 집어 살짝 힘을 주어 누른다. 그러자 과일의 두툼한 껍질이 갈라지더니, 균일하게 퍼져 있는 새하얀 과육이 마치 귤처럼 조각이 난 상태로 모습을 드러낸다. 엘라는 망고스틴의 과육을 베어 먹는다. 향긋하고 달콤한 맛이 엘라의 입안을 가득 채운다.

망고스틴의 맛을 충분히 음미한 뒤, 엘라는 가방에서 또 다른 과일을 꺼낸다. 두 번째 과일은 잭프루트다. 잭프루트는 과일가게 주인이 껍질을 미리 벗긴 상태로 판매하고 있었다. 가게 주인은 잭프루트를 하나, 하나씩 작은 봉지에 담아주었다. 잭프루트는 무게가 몇십 킬로그램까지 나가기도 하는, 이 세상에서 가장 큰 과일 중 하나다. 노란색 과육은 망고와 비슷하고, 달콤한 맛과 특유의 향을 가진 과일이다. 무엇보다 포만감을 주는 과일이기도 하다. 엘라는 잭프루트의 달콤함을 한껏 즐긴다.

한동안 모래사장에 앉아 있다 보니, 엘라는 산책을 하고 싶어졌다. 엘라는 남은 과일을 배낭에 넣고 자리에서 일어나 샌들을 벗는다. 엘라의 두 발이 파우더처럼 부드럽고 새하얀 모래에 파묻힌다. 얼마나 부드러운지 한 걸음 한 걸음 내디딜 때마다 마사지를 받는 듯한 느낌이 든다. 모래사장은 깨끗했고, 모래는 건조했으며, 온화한 햇살 아래 기분 좋은 온기를 머금고 있었다.

엘라는 모래사장 위를 걷는 자신의 두 발을 내려다본다. 걸음을 내디딜 때마다 새하얀 모래 속으로 발가락이 모습을 감췄다가, 발을 떼면 흰색 파우더에 덮인 채 다시 모습을 드러내기를 반복한다. 부드러운 모래가 엘라의 발을 따라 흘러내리고, 바닥에 떨어지기 전 가벼운 바람결에 작은 회오리를 일으킨다.

엘라는 저 멀리 모래사장 너머로 시선을 던진다. 해변은 살짝 굽이진 채로 수 킬로미터 멀리까지 이어져 있고, 해변의 끝에는 커다란 나뭇잎을 가진 수풀과 관목들이 한데 모여 있다.

모래의 부드러운 감촉을 느끼며 하는 산책은 엘라의 마음을 더없이 평온하게 만들었다. 엘라는 목적지 없이, 발길 닿는 대로 계속 걸어보기로 한다.

엘라는 바다 쪽으로 조금 더 가까이 가 산책을 이어나간다. 바다에 가까이 다가갈수록 모래는 축축하고, 차갑고, 묵직한 느낌을 준다. 조금 더 가까이 다가가자, 짭짤한 바닷물이 파도가 만들어내는 리듬에 따라 엘라의 발을 간질이고, 또 간질인다. 파도가 물러난 자리에서는 바닷물이 스르륵 모래 속으로 스며들며 모래를 흠뻑 적셔서 부드럽게 만들었다가 잠시 후 햇살 아래 물기가 사라지면서 거칠어지는 모습이 보인다. 파도가 지나가는 짧은 순간, 엘라가 발을 딛고 서 있는 땅은 견고하고, 평평한 느낌을 준다.

엘라는 모래와 바다 사이의 놀이를 함께 즐긴다. 차가운 바닷물이 닿았다가, 따뜻한 모래가 닿았다가, 차가움과 따뜻함이 교차되며 발등을 간질이는 느낌이 무척이나 재미있다. 그렇게 한참 동안 엘라는 발에 느껴지는 감각에 집중한다. 마치 바다가 숨을 쉬는 모습이 눈에 보이는 것 같다.

파도가 치면, 바다가 숨을 들이쉰다…. 파도가 떠나면, 바다가 숨을 내쉰다….

엘라의 발이 부드러운 파도와 함께 물에 젖었다 살짝 마르기를 반복한다. 그제야 시원한 바닷물에 몸을 담그고 싶다는 생각이 든다.

엘라는 모래 위에 배낭을 내려놓고 가벼운 여름 원피스를 벗은 다음, 바다를 향해 걸어 들어간다. 차가운 바닷물이 온몸을 감싼다. 뜨거운 햇살 아래 걸었던 탓인지 아주 상쾌한 기분이다.

조금 더 조금 더, 엘라는 바다 안쪽으로 깊이 들어간다.

바닷물이 엘라의 몸 전체에 상쾌한 기운을 채워준다. 엘라는 바닷물에 몸 전체를 담군다. 얼굴과 머리카락까지 넣었다가 수면 위로 올라오며 숨을 몰아쉰다.

엘라의 몸 위로 햇살이 내리쬐고 있지만, 바다에 몸을 담그고 있는 한 이글거리는 태양은 엘라의 피부에 남은 물기를 말려주는 것 외에는 아무런 영향도 미치지 못할 것이다.

엘라는 수면 위에 누워 자유롭게 바다를 떠다닌다. 바다는 깃털처럼 가볍게 엘라를 지탱해주고, 부드러운 파도의 움직임으로 마치 요람 위에 누운 듯 기분 좋게 엘라를 흔들어준다. 엘라는 파도 위에서 중심을 잡기 위해 본능적으로 아주 작고 미세하게 움직인다.

엘라는 눈을 뜨고 파란 하늘을 바라본다. 눈 앞에 펼쳐진 짙은 파랑은 하늘을 날고 있는 것 같은 착각을 하게 만든다. 엘라는 다시 눈을 감고, 파도의 움직임을 즐긴다. 온전히 지금, 이 순간에 존재하는 시간이다. 그 어떤 생각도 필요하지 않다.

정확히 알 수는 없지만, 꽤나 오랫동안 물 위에 몸을 띄운 채 가만히 시간을 보낸 모양이다. 어느 순간 나른함을 느낀 엘라는 물 밖으로 나가 배낭을 챙긴 다음, 조금 더 길게 휴식을 취할 수 있을 만한 그늘진 공간을 찾아본다.

백 미터 정도 이동했을까. 휴식을 취하기에 알맞은 장소가 엘라의 눈에 들어온다. 두 그루의 야자수 사이로 해먹이 걸려 있다. 주변에 늘어선 야자수 몇 그루가 해먹 위로 그늘까지 만들어주고 있어 휴식을 취하기에 완벽한 장소다. 튼튼한 해먹이 어서 오라고, 엘라를 환영하는 듯한 느낌이다.

엘라는 해먹에 누워 바다를, 바위를, 인근의 섬들을 바라본다. 솨, 솨. 바다가 엘라에게 말을 건다. 그 소리가 선명하게 그리고 리듬감 있게 반복된다.

엘라는 눈을 감는다. 호흡이 차분하고 또 깊다. 엘라는 자신의 호흡이 파도 소리만큼이나 정확하게 반복되고 있음을 느낀다. 해변의 파도처럼, 공기가 엘라의 내면으로 들어왔다가 나가기를 반복한다. 엘라의 몸과 바다, 어느새 이들은 박자를 맞추어 호흡을 하고 있다.

반복되는 호흡 그리고 자신을 둘러싼 주변의 풍경과 하나가 된 채, 엘라는 조용히 깊은 낮잠 속으로 빠져든다.

＊
＊
＊

이모의 정원

현관 앞에 도착해 초인종을 누르자마자 문이 열린다. 여느 때처럼 플로라 이모가 다정한 미소를 띤 얼굴로 막스를 반긴다. 플로라 이모는 성인이 된 지 오래인 막스를 어린 시절 그랬듯 꼭 끌어안으며 인사를 건넨다. 따뜻하고 사랑이 가득한 목소리로.

변함없는 플로라 이모의 사랑을 느끼며 막스는 이모가 자신을 돌보아주던 어린 시절을 떠올린다. 며칠 씩 이모와 함께 시간을 보냈던 일이 마치 수십 년 전의 일인 것처럼 멀게 느껴진다.

그 사이 머리카락이 회색으로 바랠 정도로 나이가 든 이모가 여전히 우아한 모습으로 자신을 이토록 세게 끌어안을 수 있다는 것이 사실 막스에게는 그리 놀랍지 않다. 플로라 이모는 언제나 에너지가 넘치는 사람이고, 웃을 때마다 눈가에 미세한 주름이 만들어지는 얼굴은 주변 사람들에게까지 밝은 기운을 전달하기 때문이다.

막스가 플로라 이모를 찾은 데는 이유가 있다. 오늘 막스는 이모의 정원 일을 도울 예정이다.

어느덧 추운 겨울도 지나고, 따스한 기운이 기분 좋게 퍼지는 햇살 가득한 봄이 되었다. 정원 일을 하기에 적절한 날이다.

막스와 플로라 이모는 정원을 정돈하기 위해 오늘 하루를 온전히 비워두었고, 막스는 일주일 전부터 오늘이 오기만을 기다리고 있었다. 언제나 친절하고 배려심이 넘치는 플로라 이모를 하루빨리 보고 싶은 마음 때문이었을 것이다. 아니, 어쩌면 너무나도 많은 유년 시절의 기억들

(아름을 위한 수면 동화)

이 곳곳에 스며 있는 이 오래된 집에 대한 그리움 때문이었는지도 모른다.

분명한 것은 플로라 이모의 집을 방문할 때면 막스를 짓누르던 모든 걱정이 사라지고, 어린아이의 눈으로 세상을 바라보게 된다는 사실이다.

플로라 이모와 인사를 나눈 뒤, 막스는 넓은 거실로 들어선다. 거실에는 테라스를 통해 정원으로 들어갈 수 있는 커다란 문이 있다. 오랜만에 보는 거실의 모습은 막스의 기억 속 모습에서 하나도 변한 것이 없다.

하나하나 플로라 이모의 정성으로 꾸며진 거실 안쪽에는 벽난로가 있는데, 어린 시절 겨울이 되면 막스는 이 벽난로 앞에 앉아 몇 시간이고 불을 바라보곤 했다.

벽난로 앞에는 크고 편안한 소파가 놓여 있다. 막스가 처음으로 책을 읽었던 장소다. 책을 읽다 곤히 잠이 들던 그때의 나른한 느낌이 떠올랐다. 소파 위에 걸려 있는 갈색과 빨간색 색감으로 완성된 커다란 초상화는 거실에 따뜻한 분위기를 더한다. 바닥에는 넓은 페르시안 카펫이 깔려 있다. 어린 시절 막스가 장난감에 둘러싸인 채 혼자만의 세계를 펼치던 곳이다.

잠시 거실을 둘러보며 어린 시절의 추억을 떠올리던 막스는 커다란 원목 테이블 앞에 앉는다. 어린 시절의 막스는 플로라 이모가 맛있는 음식을 준비하는 사이, 이곳에 앉아 기다리며 바닥에 닿지 않는 다리를 흔들어대곤 했다. 이제, 성인이 된 막스의 발은 언제 그랬냐는 듯 견고하게 바닥을 디디고 있다. 하지만 어떤 음식이 나올지를 설레는 마음으로 기다리는 마음만큼은 소년 막스의 모습 그대로다.

주방에 있던 플로라 이모가 방금 짠 신선한 주스를 막스에게 내어준다. 오렌지와 당근, 사과, 약간의 레몬과 저민 생강 조금을 더해 압착한 주스다. 예전부터 막스가 좋아하던 조합이다.

주스에 들어간 과일과 야채의 맛을 느끼며 막스는 천천히 주스를 마신다. 목구멍을 따라 내려간 주스가 에너지원이 되어 자신을 회복시키는 듯한 느낌이다. 이어 플로라 이모는 알록달록한 식재료들로 완성된 키쉬ᐟ 한 조각을 막스에게 건넨다. 지금껏 먹어본 것 중에 가장 맛있는 키쉬다.

막스는 키쉬의 맛을 음미하며 플로라 이모의 이야기에 귀를 기울인다. 이모는 자신의 친구 모임을 통해 알게 된 새로운 소식들을 그에게 전하고 있었다.

키쉬를 다 먹었을 즈음, 보드랍고 따스한 무언가가 막스의 다리를 천천히 스쳐 지나가는 듯한 느낌이 든다. 테이블 아래를 살피는 막스의 눈에 익숙한 고양이 한 마리가 들어온다. 초록빛의 동그란 눈. 플로라 이모가 키우는 할아버지 고양이, 말론이다. 막스는 말론을 크게 반기며

ᐟ 달걀을 주재료로 하고 우유와 고기, 야채, 치즈 등을 섞어 만든 파이로, 일종의 에그타르트다.

무릎 위에 앉힌 다음, 짙은 회색의 털을 부드럽게 쓰다듬는다.

말론의 털은 마치 벨벳처럼 부드럽다. 막스의 손길이 말론의 목덜미를 지나자 말론은 갸르릉, 갸르릉 하며 기분 좋은 소리를 낸다. 목덜미를 쓰다듬는 손길을 말론이 무척이나 좋아한다는 것을 막스는 잘 알고 있다. 특히나 말론은 여느 고양이와는 달리 사람의 손길을 좋아하는 사교적인 고양이이기도 하다.

잠시 후, 말론은 막스의 사랑을 충분히 받았다는 듯 유연하게 타일 바닥으로 뛰어내리더니, 우아한 발걸음을 뽐내며 정원으로 나가버린다.

막스는 잠시 휴식을 취하는 동안 자신의 몸과 마음이 온전히 플로라 이모의 집에 도착했음을 느낀다. 막스는 자신을 애정 어린 눈빛으로 바라보고 있는 플로라 이모에게 말한다.

"이제 정원 일을 시작해볼까요, 이모?

정원에 들어선 막스는 가장 먼저 깊이 숨을 들이마신다. 온화한 여름의 공기가 막스를 가득 채운다. 태양은 밝게 빛나고, 바람이 가볍게 부는 날이다. 막스는 아무런 말 없이 정원을 둘러본다. 너무나도 많은 기억이 정원 곳곳에 살아 숨 쉬고 있다.

플로라 이모의 정원은 꽤 크다. 폭이 넓은 원형의 정원에는 키가 큰, 짙은 녹색의 사이프러스 나무들이 울타리처럼 둘러 서 있다.

집 앞에는 석판이 깔린 커다란 테라스가 있는데, 정원용 나무 테이블과 낡았지만 푹신한 벤치 그네가 있어 편하게 휴식을 취할 수 있다.

정원의 한 가운데에는 커다란 사과나무가 자라고 있다. 어린 시절, 막스가 자주 오르던 나무이기도 하다. 막스는 만화로 된 잡지를 챙겨 나무 위로 올라가 시간을 보내는 걸 좋아했다. 그때마다 잘 익은 사과를 따먹곤 했다. 사과나무는 지난 몇십 년 동안 이 자리를 지키고 서 있었다.

정확한 나이는 알 수 없지만 막스가 기억하는 유년 시절의 장면 속에 사과나무는 늘 존재했다.

사과나무의 줄기는 두껍고 견고하다. 나뭇잎으로 가득한 크고 작은 가지들이 줄기를 따라 촘촘하게 뻗어 있고, 그 끝에는 아직은 매우 시큼할 깃 같은 연녹색의 작은 사과들이 달려 있다.

정원의 오른편에는 작고 동그란 연못이 하나 있다. 늦은 여름, 비가 오는 날이면 이따금 찾아오는 작은 개구리와 두꺼비 들을 손님으로 맞는 곳이다. 어린 시절, 플로라 이모의 집을 방문할 때면 막스는 레인부츠를 신고 폴짝거리는 작은 동물 친구들을 보기 위해 연못으로 달려 나가곤 했다.

연못 주변으로는 군데군데 잡초가 섞인 채로 잔디가 길게 자라나 있다. 수면 위로도 나무에서 떨어진 나뭇잎들이 둥둥 떠다니고 있었는데, 가장자리의 커다란 돌들은 이끼가 잔뜩 껴 회색과 녹색으로 변해 있었다.

작업을 시작하기로 마음 먹은 막스는 어떤 일부터 할지 순서를 정하기 위해 먼저 플로라 이모와 상의한다. 플로라 이모는 허브와 채소를 키우는 작은 텃밭을 정돈하겠다며 잡초 제거부터 시작한다.

막스는 플란넬 셔츠의 소매를 걷고 작업용 장갑을 낀 다음, 손수레와 빗자루를 챙겨 가을과 겨울 내내 정원에 쌓여 있던 낙엽들을 모으는 일부터 한다. 플로라 이모가 그간 전혀 손을 대지 않았던 탓에, 막스는 손수레에 낙엽을 가득 채워 정원의 가장 안쪽에 위치한 퇴비 상자에 버리기를 수차례 반복한다.

그러던 중, 막스는 정원 안쪽의 어느 구석에서 나뭇잎이 촘촘하게 더미를 이루고 있는 것을 발견한다. 아무래도 고슴도치의 작품인 것 같다. 막스는 조심스럽게 고슴도치가 나뭇잎을 쌓아 만들어놓은 겨울 집을 살피고, 집 주인이 이미 떠나고 없다는 것을 확인한다.

야생 그대로의 자연을 좋아하는 고슴도치에게 이곳, 플로라 이모의 야생 정원은 겨울을 나기에 적당한 곳으로 여겨졌던 모양이다. 막스는 나뭇잎 아래에 몸을 숨긴 채, 안전과 보호 속에 편안하게 잠을 자며 겨울을 보냈을 작은 고슴도치의 모습을 떠올린다. 막스의 얼굴에 저절로 미소가 번진다.

나뭇잎을 쓸어 담으며 막스는 생각한다. 올겨울에도 이곳을 찾아와주길, 이곳에서 안전하게 겨울을 나길.

이어서 막스는 빗자루를 들고 연못으로 향한다. 수면을 덮고 있는 낙엽을 건지기 위해서다.

한참 동안 작업을 하고 나서야 연못의 물이 그 모습을 드러낸다. 연못 물속을 헤엄치는 자그마한 올챙이들의 모습도 보인다. 조금만 있으면 이들은 개구리가 되어 폴짝폴짝 연못 주변에서 신나게 뛰어놀겠지. 그 생각만으로도 막스는 흐뭇함을 감출 수 없다.

거친 계절을 견딘 덤불과 수풀을 제거하는 일은 꽤나 어려운 작업이다. 막스는 가지치기용 가위를 이용해 큰 가지들을 잘라낸 다음 부러진 잔가지들을 정리한다. 덤불과 수풀을 거둬내고 나니 그 아래에 떨어져 있던 낙엽이 모습을 드러낸다. 막스는 버려야 할 나뭇잎을 솎아 작은 더미로 모은 다음, 퇴비 상자에 버린다.

유독 길고 추운 겨울이었다. 그래서인지 그 겨울을 견디지 못하고 말라버린 가지들이 꽤 많았다. 마른 가지들을 모두 제거하기까지는 상당히 오랜 시간이 걸렸다.

가지치기를 마친 후, 막스는 정원을 찬찬히 둘러본다. 이 정원에서 생명이 성장하고 번성하는 데 필요한 공간을 마련해준 것 같은 기분이 든다. 정원의 수풀과 덤불이 탁 트인 새로운 공기 속에서 편안하게 호흡을 하고, 활짝 피어날 준비를 하고 있는 듯 보인다.

다음으로 막스는 제초기를 챙겨 잔디밭으로 향한다. 작년 봄 이후 한 번도 잔디밭에 손을 대지 않은 것 같다. 테라스에서부터 울타리까지 이어진 잔디는 저마다 다른 높이로 거칠게 자라 있었다. 막스는 이 위로 무거운 기계를 밀고 지나가며 한 번씩 뒤를 돌아 잔디가 균일하게 잘 정리되었는지를 확인한다. 막스는 하나둘씩 구역 별로 잔디를 정리하고, 걸음을 옮길 때마다 달라지는 정원의 모습을 보며 즐거움을 느낀다. 플로라 이모와 힘을 합쳐 이 휴식의 장소를 정돈하고 질서를 불어넣고 있다는 사실이 막스에게는 무엇보다도 기분 좋은 일이다.

마구잡이로 거칠게 자라난 잔디들이 같은 높이를 가진 초록의 들판으로 정돈되는 사이, 막 잘려 나간 잔디의 냄새가 막스의 코를 자극한다. 신선한 잔디의 냄새는 막스에게 정원 일을 떠올리게도 하지만, 동시에 아름다운 기억을 불러일으키는 자극제이기도 하다.

막스는 숨을 깊이 들이마신다. 신선한 잔디의 냄새를 머금은 공기를 콧속 깊이 넣은 다음, 천천히 내뱉는다. 잠시 눈을 감는다. 그리고 다시 한번 숨을 깊이 들이마시고, 천천히 내쉰다.

눈을 뜬 막스는 다시 한번 정원을 둘러본다. 그제야 막스는 이곳에 오랫동안 비가 내리지 않았다는 사실을 깨닫는다. 잔디가 자라고 있는 땅이 바짝 말라 건조해 보였기 때문이다.

막스는 스프링클러를 정원 한 가운데에 놓고 조심스럽게 수도를 튼다. 스프링클러가 커다란 원을 그리며 땅과 잔디 위에 시원한 물줄기를 쏟아붓기 시작한다. 스프링클러가 원을 그리며 물을 공급하는 모습, 메말랐던 땅이 허겁지겁 물을 마시는 모습, 잔디 위에 물방울이 송골송골 맺힌 모습. 지켜보는 것만으로도 마음에 안정감을 주는 장면이다.

잔디에 충분한 수분을 공급한 다음, 막스는 더 센 물줄기를 집중적으로 분사하기 위해 정원용 호스를 가지고 나온다. 연못의 돌에 붙은 각종 찌꺼기와 이끼를 제거하기 위해서다. 강한 물줄기 덕분에 잠시 후, 연못의 돌들은 마침내 본연의 색을 되찾는다.

막스는 잠시 움직임을 멈추고, 어느새 깨끗해진 연못을 다시 한번 바라보며 깊게 호흡을 한다. 자신도 모르게 일상에 대한 생각들을 내려놓고, 아니 까맣게 잊어버린 채 정원 일을 하고 있었음을 깨닫는다. 정원을 정돈하는 데 완전히 집중한 나머지, 시간이 얼마나 흘렀는지조차 인식하지 못했던 것이다.

막스는 집 안으로 들어가 실내에서 겨울을 지낸 화분들을 정원으로 가지고 나온다. 며칠 전까지만 해도 밤공기가 꽤나 차가워서 밤사이 식물이 얼지 않을까 걱정해야 했지만, 이제 날이 완전히 풀린 초여름이다. 플로라 이모는 여름이 되면 언제나 정원의 같은 자리에 화분을 내어 놓곤 했다. 막스는 천사나팔꽃과 작은 오렌지 나무 하나, 키가 큰 무화과나무 화분과 야자나무 화분 두 개, 히비스커스를 심어 놓은 여러 개의 커다란 화분들에게 제자리를 찾아준다.

꽃과 식물들을 정원에 옮기고 나니, 막스가 기억하던 플로라 이모의 정원도 비로소 완성되었다. 플로라 이모는 모든 것이 제자리를 찾은 정원의 모습을 보며 행복감을 감추지 못한다. 플로라 이모는 고마운 마음을 가득 담아 막스를 꼭 끌어안는다. 어린 시절 막스를 안아주던 것처럼, 사랑을 가득 담아. 언제나 막스에게 힘과 신뢰를 주던 어린 시절의 포옹 그대로다.

끌어안았던 팔을 풀며 플로라 이모는 막스에게 이렇게 말한다.

"저녁 먹고 갈 거지?"

기꺼이 그러겠노라고 대답한 후, 막스는 주변을 둘러본다. 자신의 손길이 만들어낸 결과물이 스스로도 자랑스럽게 느껴진다. 몇 시간을 투자한 가치가 충분한 결과물이다. 앞으로 몇 달간, 이들은 지금보다 더 아름다운 모습으로 성장할 것이다.

그제야 막스는 피로감을 느낀다. 하지만 기분 좋은 피로다. 막스는 테라스에 있는 벤치 그네에 눕는다. 어린 시절 막스는 이곳에서 낮잠 자기를 무척이나 좋아했다. 어린 막스에게 이 벤치 그네는 얼마나 거대해 보였던지. 여전히 이 그네는 요람에 누운 것 같은, 편안하고 안락한 느낌을 준다.

막스는 벤치 그네에 자리를 잡은 후, 커다란 베개를 베고 눕는다. 벤치의 지붕 아래로 드리운 그늘이 반갑다. 살랑살랑 불어오는 바람이 나뭇가지에게 말을 걸고, 막스의 피부에도 기분 좋은 시원함을 남기고 지나간다. 언제나 그러하듯, 몸을 쓰는 일을 마치고 편안하게 누워 휴식을 즐길 때의 기분은 무척이나 근사하다.

벤치 그네에 누워 있는 막스를 발견한 고양이 말론이 막스에게 다가온다. 말론은 막스에게 몸을 밀착하고 눕더니, 막스의 배 위에 고개를 기댄 채로 살며시 눈을 감는다. 갸르릉, 갸르릉. 기분이 좋을 때마다 말론이 내는 깊은 갸르릉 소리에 막스의 마음도 평온해진다.

흔들, 흔들. 벤치 그네가 미세하게 좌우로 움직인다. 그 어떤 걱정도 고민도 존재하지 않는 순간이다. 막스는 나른함을 느낀다. 저녁을 먹기 전까지 잠깐 정도는 졸 수 있는 시간이 남아 있다. 플로라 이모는 요리를 준비할 때 충분한 시간을 필요로 하는 편이니까. 음식이 완성되면 플로라 이모는 막스를 깨우러 올 것이다.

막스는 푹신한 벤치 그네 위에 조금 더 편하게 자세를 고쳐 잡고 눕는다. 모든 생각과 긴장을 내려놓은 채 이 순간의 여유를 누린다.

잠시 후, 막스는 편안한 치유의 수면 속으로 깊이, 더 깊이 빠져든다.

밀로의 여행

아주 먼 옛날, 어느 바닷가에 그림 같은 도시가 있었다. 지벤뮌덴이라는 이름을 가진 이 도시는 언제나 활기로 가득한 항구를 품고 있었다. 1년 중 대부분의 날들이 햇살로 가득했으며, 언제나 짭짤한 바닷물을 머금은 신선한 공기를 들이마실 수 있는 곳이었다. 끼룩거리며 평화롭게 하늘을 나는 갈매기들의 소리가 쏴 하는 파도 소리와 함께 듀엣을 이루었다.

항구로 이어지는 산책로에는 작고 아름다운 카페가 하나 있었다. 이 카페의 테라스 자리는 언제나 인기 만점이었다. 가만히 앉아 있기만 해도 바다 너머로 수평선이 보였고, 파도 소리가 들렸으며, 세계 곳곳에서 출발한 배들이 항구로 들어서는 모습을 볼 수 있었기 때문이다.

카페에서는 밀로라는 이름의 젊은 청년이 할머니를 도와 일을 하고 있었다. 카페는 밀로의 가족이 대를 이어 운영하고 있는 곳이었으므로, 곧 있으면 밀로에게 맡겨질 예정이었다. 특히나 밀로의 카페는 대대로 내려오는 레시피를 따라 구운 작은 수제 케이크들로 유명했다.

밀로와 할머니는 매일 아침 이른 시간부터 여러 종류의 반죽을 섞고 주무른 다음, 차례차례 달콤한 케이크를 구워내는 것으로 하루를 시작했다.

밀로의 할머니는 손님들에게 인기가 좋았다. 할머니는 카페를 찾는 손님들의 이야기, 세계 곳곳의 새로운 소식들에 호기심을 갖고 귀를 기울였고, 모든 사람들과 다정하게 대화를 주고받는 사람이었다.

반면, 혼자만의 생각에 잠긴 채 대부분의 시간을 보내

는 밀로는 손님들과 말을 하는 일이 드물었다. 손님을 대할 때에도 밀로는 언제나 다른 생각을 하고 있었다. 매일 같이 밀로는 가만히 창밖을 내다보며 항구의 산책로를 따라 걷는 사람들을 바라보았다. 그중에는 눈에 띄게 옷을 잘 차려입은, 꽤나 부유해 보이는 사람들도 있었다. 이따금 밀로는 성공한 사업가가 되어 이 세상에서 가장 멋진 옷을 입고 당당하게 이 작은 도시를 활보하는 자신의 모습을 상상하기도 했다.

먼 곳에서 여행을 온 사람들을 볼 때면, 밀로는 이들처럼 세계 일주를 하고 싶다는 생각을 하기도 했다. 한 번은 서커스단이 요트를 타고 항구에 도착한 적이 있었는데, 그때 밀로는 서커스단의 피에로가 되어 전 세계를 다니며 사람들을 웃게 하고 놀라게 만드는 삶은 어떨까, 상상해 보기도 했었다.

이렇듯 밀로는 자신의 생각 속에 빠진 채로 하루 중 대부분의 시간을 보내는 일이 많았다.

'카페를 물려받는 것이 정말 맞는 일일까?' '나는 정말

로 그것을 원하고 있을까?'

무엇보다 밀로의 생각을 복잡하게 만드는 것은 이 두 가지 질문이었다. 카페를 물려받는 것에 대한 마음속 갈등은 해가 지날수록 심해지고 있었다.

그러던 어느 날이었다. 여느 때처럼 밀로는 드넓은 바다를 바라보며 몽상에 잠겨 있었다. 그때 할머니가 말을 걸었다.

"사랑하는 밀로, 요즘 생각에 잠긴 얼굴로 먼 곳을 내다보는 모습이 자주 보이는구나. 그것도 이렇게 고민에 빠진 눈빛을 한 채 말이야. 힘든 일이 있니?"

할머니의 말에 밀로는 마음을 들킨 듯, 얼굴이 새빨개졌다.

"그냥, 저기 지나가는 사람들처럼 사는 건 어떨까, 하는 생각이 자주 들어요. 미래에 대해 고민하기도 하고, 지나간 일들에 대해 생각하기도 해요. 어쩌면 나의 행복이 이곳에 없을지도 모른다는 생각도 들어요."

172

할머니는 미소를 지으며 그 마음을 충분히 이해한다는 눈빛으로 밀로를 바라보았다. 할머니의 다정한 손길이 밀로의 어깨에 닿았다. 할머니가 부드러운 목소리로 밀로에게 말했다.

"행복이라는 건 말이다, 밀로. 다른 곳에서 찾아 헤매기 시작하면 내가 있는 곳에서의 행복을 결코 깨달을 수 없는 법이란다. 사랑하는 밀로, 나우베르크로 여행을 다녀오는 건 어떻겠니? 지혜로운 노인이 있다는 그곳 말이야. 그 노인을 찾아가 너의 생각과 행복의 정의에 대해 이야기를 나눠보렴. 어쩌면 답을 찾는 데 도움을 받을 수 있을지도 모르잖니?"

나우베르크에 산다는 지혜로운 노인에 대한 이야기는 밀로도 수많은 사람들을 통해 익히 들어 알고 있었다. 사람들은 노인을 만나기 위해 세계 곳곳에서 나우베르크를 찾았고, 마음에 품고 있던 인생의 질문들을 던졌다. 밀로의 할머니 역시 어린 시절 나우베르크로 여행을 떠난 적이 있었고, 이전보다 성숙해진 모습으로 다시 돌아올 수 있었다고 했다. 밀로로서는 할머니의 제안이 무척이나 반가운 일이었다. 어느새 밀로의 마음은 여행에 대한 기대감으로 가득 찼다.

다음 날, 밀로는 나우베르크로의 여행을 순비했다. 먼저 커다란 리넨 가방을 꺼내 먹을거리를 담았고, 하이킹 운동화를 신었다.

"잘 다녀오겠습니다!"라고 할머니에게 인사를 하는 것으로 밀로의 여행은 시작되었다.

눈부시도록 파랗고 투명한 하늘이 밀로의 여행을 응원하는 듯했다. 수평선 너머로는 기다란 산맥이 파노라마처럼 펼쳐져 있었고, 그 가운데 눈에 띄게 높이 솟은 산 하나가 있었다. 나우베르크였다. 나우베르크의 암석은 조금 다른 구석이 있었다. 다른 산이나 절벽의 암석보다 더 붉은색을 띠었던 것이다. 목적지까지 가는 길은 어렵지 않아 보였다. 붉은 산을 향해 걷고 또 걸으면 어느새 도착해 있을 테니까.

174

(어른씨를 위한 수묘 얘기)

잠시 후 밀로는 도시의 경계선을 벗어나 짙은 노란색의 해바라기 꽃밭이 양옆에 펼쳐진 시골길에 접어들었다. 해바라기는 태양을 향해 노란 꽃잎을 들어 그 온기를 가득 채워 넣고 있었다. 그 위로는 벌들이 윙윙거리며 이 꽃에서 저 꽃으로 날아다니다가 손바닥 크기의 해바라기 꽃받침 위에서 휴식을 취하기를 반복했다.

자연의 생기를 머금고 있는 여름이었다. 시선을 돌리는 곳마다 무지개 빛깔의 다양한 색을 가진 나비들이 경쾌하게 날아다니고 있었다. 그 특유의 경쾌하고 가벼운 날갯짓으로 하늘을 나는 모습이라니. 나비가 아니면 이 지구상의 어떤 생명도 보여줄 수 없는 모습일 거라고 밀로는 생각했다. 각자 다른 색의 옷을 입고 나비들은 훨훨 날아가고 있었다. 그 모습이 밀로를 황홀하게 만들었다.

해바라기 꽃밭은 그 후로도 한참 더 이어졌다. 길을 따라 밀로는 걷고 또 걸었다. 걸을수록 마음에 평안이 찾아오고, 긴장이 풀어지는 느낌이 들었다. 밀로의 내면을 옥죄던 긴장감이 아름다운 자연 앞에서 스르르 녹아내렸고,

어느새 머릿속을 맴돌던 생각들도 잠잠해졌다.

　한참 후, 밀로는 밭을 뒤로하고 숲을 지나고 있었다. 키가 몇 미터는 되는 커다란 나무들 사이로 태양이 비집고 들어갈 자리가 없는 것 같았다. 금빛 햇살이 바닥까지 닿는 곳은 많지 않았다. 나무들의 그늘이 드리운 숲속의 공기는 꽤 서늘하고 상쾌했으며, 흙과 송진의 냄새를 머금고 있었다. 나무의 우듬지 사이로 새들의 노랫소리가 들렸다. 새들은 숲이 주는 안전과 고요를 충만하게 누리고 있는 것 같았다.

　숲길은 나무에서 떨어진 침엽 카펫으로 덮여 있었는데 그 위를 걷는 느낌이 무척이나 폭신하고 편안했다. 밀로가 걸음을 내딛을 때마다 이따금 발아래의 마른 침엽이 탁, 탁 소리를 내며 부러졌다.

　밀로는 숲 안쪽으로 깊이, 더 깊이 들어갔다. 시원한 그늘과 야생의 숲을 즐기고 있노라니, 밀로의 마음도 편안해지는 것 같았다. 오랫동안 느끼지 못한 감정이었다. 밀로는 깊게 숲의 공기를 들이마신 다음, 잠시 후 편안하게 다시 내쉬었다. 숲과 하나가 된 기분이었다. 밀로는 어느새 복잡한 생각들을 떨쳐내고, 눈길이 닿는 장면들을 하나하나 기쁜 마음으로 누리고 있었다.

숲이 밝아졌다. 밀로는 숲길이 끝나가고 있다는 것을 알아차렸다. 숲의 끝자락에서 밀로는 짙은 파란색의 물을 발견했다. 태양은 어느새 아래로 훌쩍 내려와 있었고, 조금 더 깊고 따뜻한 빛으로 주변을 물들였다.

밀로가 발견한 물은 조용히 흐르고 있는 넓은 강이었다. 강에 다다르자 숲속 새들의 소리가 희미해졌고, 어느새 조용히, 편안하게 흐르고 있는 강물만이 공간을 가득 채웠다. 졸졸졸, 강물이 흐르는 소리가 밀로의 마음을 차분하게 가라앉혀주었다. 주변의 모든 소음을 다 흡수하는 듯, 이곳에서 들리는 것이라고는 강물 소리가 전부였다. 이 고요함은 밀로에게도 익숙한 것이었다. 이것은 배가 한 대도 다니지 않는 이른 아침, 고요한 바다에서 나는 소리와 같았다.

강기슭에서 밀로는 강을 건너갈 수 있는 다리를 찾았지만 보이지 않았다. 반대편 강기슭에서 밀로는 낮고 푸른 들판을 발견했고, 작은 어선 한 척이 정박하고 있는 나무 판자를 보았다. 시선을 멀리 던지니 수평선 근처에서 붉게 타오르고 있는 나우베르크가 보였다. 어느새 목적지에 성큼 다가와 있었다. 강을 건널 방법은 없었지만, 자신이 어디로 가고 있는지는 분명했다. 밀로는 깊이 숨을 들이마셨다. 그리고 천천히 내뱉었다.

밀로는 강기슭에 주저앉아 흘러가는 강물을 물끄러미 바라보았다. 잔디 위에 편안하게 자세를 잡고 앉아 잠깐의 휴식이 주는 즐거움을 누렸다. 배낭에 챙겨온 요깃거리를 꺼내어 먹었고, 한 입 한 입 베어 물 때마다 그 맛에 온전히 집중했다.

저녁의 태양 아래 강물이 일렁이고 있었다. 온몸에 가득하던 긴장은 사라진 지 오래고, 어느새 그 자리는 자신에 대한 신뢰로 채워져 있었다. 이제 곧 답을 찾게 될 것이라고, 밀로는 확신했다.

밀로는 여행길을 위해 챙겨온 작은 담요를 꺼내어 누웠다. 초저녁의 하늘이 눈앞에 펼쳐졌다. 밀로의 시선은 구름을 따라 이동했고, 드넓은 하늘을 무대로 자신의 상상력을 마음껏 발휘했다. 밀로는 구름의 모습을 유심히 관찰하며 비슷한 사물들을 찾아보았다. 그중에는 나우베르크를 닮은 구름도 있었다.

모든 생각을 내려놓고, 마치 최면에 걸린 사람처럼 멍하니 구름을 응시하고 있을 때였다. 한 사람이 밀로에게 다정하게 말을 걸어왔다.

"안녕하세요?"

밀로는 몸을 일으켰다.

다른 강기슭에 있던 어선이 어느새 가까이에 있는 나무판자에 정박을 한 상태였다. 기다란 회색 수염을 가진 한 노인이 배 위에서 밀로에게 다정한 미소를 지어 보이며 물었다.

"강을 건너갈 건데, 데려가 줄까요? 이번이 강 건너편으로 건너갈 수 있는 마지막 기회예요. 지금 안 가면 내일 아침 일찍 배가 다시 올 거예요."

설마 이것은 운명? 밀로의 머릿속에 떠오른 생각이었다. 정확한 대상은 알 수 없었지만, 감사한 마음이 밀로의 마음을 가득 채웠다.

밀로는 먼저 나우베르크로 향하게 된 이유를 설명한 뒤, 노인의 제안을 감사한 마음으로 받겠다고 대답했다.

어선에 올라탄 밀로는 노인을 마주 보고 앉았다. 배를 타고 강을 건너가는 길은 편안하고, 조용했다. 강이 넓어 강을 건너기까지는 꽤 오랜 시간이 걸렸다.

밀로는 작은 파도를 일으키며 흘러가는 강물을 바라보았고, 강물을 유영하는 물고기 떼도 발견했다.

밀로는 건너편에 앉은 노인의 정체가 궁금했다.

"혹시 제게 하고 싶은 말씀이라도 있으신가요?"

밀로가 나이 많은 어부에게 물었다.

밀로의 말에 노인이 천천히 자신의 인생 이야기를 시작했다. 그는 30년 넘게 이 배를 가지고 매일 강기슭에서 강기슭으로 이동하며 물고기를 잡아왔다고 했다. 잡은 물고기를 이른 아침 인근에 있는 작은 도시의 시장에 나가 파는데, 그 도시는 자신이 자란 곳이라고도 했다. 그 사이 아이들은 성인이 되어 그곳에서 일하고 있다고도 덧붙였다.

노인은 자신이 언제나 모험을 꿈꾸는 청년이었다고 고백했다. 어느 정도 돈을 모았을 때 더 큰 성장을 바라며 어부 일을 시작했는데, 낚시를 하며 평생 단 한 번도 느끼지 못했던 만족감을 누렸다고 했다. 지금 우리가 건너고 있는 강이 그때도 그랬듯, 지금도 그리고 앞으로도 똑같은 강일 테지만, 어제와 오늘의 강물은 전혀 같지 않다는 것을 자신은 매일 같이 배우고 있다는 거였다. 이따금 강기슭 사이에 강물이 거세게 흐르기도 하는데, 이런 날 약간의 행운만 더해진다면 아주 많은 물고기를, 그것도 상당히 큰 물고기를 잡을 수 있다고, 노인은 말했다.

오늘처럼 강물이 잔잔하고 투명한 날에는 편안한 마음으로 일을 하며 강물을 떠다닐 수 있는 것이 좋다고 했다. 오랫동안 비가 내려 수위가 높아진 날에는 흙과 뒤섞여 갈색으로 변한 강물이 빠르게 흘렀다. 노인에게는 물고기를 잡을 수 없는 날이었다. 그런 날엔 편안한 마음으로 휴식을 즐기며 강물이 다시 안정을 되찾을 때까지 기다려야 한다는 교훈을 얻었다고, 노인은 말했다.

세상은 지금 이 순간에도 변하고 있고, 그 변화와 함께 우리를 재촉하지만, 그것에 대항해 싸우기보다는 그것을 받아들이는 편이 훨씬 지혜롭다는 것을 이 강이 말해주고 있다고 했다.

똑같은 강에서 긴 세월을 지내며 나이가 든 남자는 옳은 길을 가고 있음을 스스로 신뢰하는 방법을 배웠고, 더이상 타인의 삶을 부러워하지 않게 되었다고도 덧붙였다.

모험을 위한 여행 계획을 내려놓을 만큼 노인은 낚시를 사랑했다. 그렇게 노인은 이웃 도시에서 가족을 이루었고, 자연의 흐름대로 모든 것을 받아들이며 살게 되었다고 했다.

가만히 노인의 이야기에 빠져 귀를 기울이는 사이, 배는 어느새 반대편 강기슭에 도착했다. 밀로는 마음에 감동을 주는 이야기를 들려준 노인에게 감사의 인사를 전했다. 밀로에게 깨달음을 주는 이야기였다. 더불어 밀로는 자신의 마음이 차분해지는 것을 느꼈다.

"잘 가요. 즐거운 여행이 되길."

노인이 밀로에게 작별 인사를 건넸다.

노인의 도움으로 강을 건넌 밀로는 눈앞에 보이는 나우베르크를 향해 푸른 들판을 힘차게 걸어갔다.

점점 날이 어두워지더니 어느새 저녁이 찾아왔다. 맑았던 하늘에 구름이 하나둘씩 모여들고 있었다. 원래 밀로는 담요를 침대 삼아 하늘을 바라보며 밖에서 잠을 잘 생각이었다. 완전한 어둠이 드리우고 잠을 자기에 마땅한 장소를 찾고 있을 때, 갑자기 차가운 빗방울이 툭, 툭, 밀로의 피부를 건드리기 시작했다.

　예상치 못한 전개였다. 어떻게 해야 할까. 주위를 아무리 둘러봐도 비를 피할 수 있는 곳은 없었다.

　잠시 고민에 빠진 사이, 밀로는 침착함과 신뢰감이 자신의 내면을 가득 채우고 있다는 사실을 깨달았다. 비를 피해 안전하게 오늘 밤을 보낼 수 있을 거라는 확신이 들었다. 밀로는 침착하게 걸음을 옮기며 피부에 닿는 시원한 여름비를 즐겼다.

　비를 맞으며 한참 걷고 있을 때였다. 불빛이 새어 나오는 작은 농가 하나가 밀로의 눈에 들어왔다. 밀로는 조심스럽게 농가의 문을 두드렸고, 안에서 한 여자가 모습을 드러냈다.

　"안녕하세요. 무슨 일이시죠?"

　"밤 늦게 죄송한데 갑자기 비가 와서요."

　밀로가 작은 목소리로 말했다.

　"오늘 목적지까지 가기가 어려울 것 같은데, 혹시 제가 묵을 만한 방이 없을까요?"

밀로의 말에 여자는 마치 기다리고 있었다는 듯, 흔쾌히 밀로를 안으로 들였다.

두 사람은 식탁 앞에 앉아 밀로가 여행을 떠난 이유와 목적지에 대한 이야기를 나눴다. 여자는 아주 가끔 손님이 찾아올 때마다 쓰게 한다는 방을 내어주었다. 밀로는 따뜻한 환대에 감사 인사를 전했고, 깨끗하고 편안한 침대에 몸을 눕혔다.

충분한 휴식 덕분이었을까. 다음 날, 배불리 아침 식사를 한 밀로는 목적지까지 갈 수 있는 새 힘을 얻은 느낌이었다. 밀로는 진심을 담아 여주인에게 감사 인사를 전한 뒤, 어느덧 익숙해진 자연 속으로 길을 떠났다.

비가 갠 하늘은 깨끗하고 맑았다. 밀로는 나우베르크를 향해 계속해서 걸어갔다. 길은 결코 평탄하지 않았고, 오르막 구간이 특히나 많았다.

몇 시간을 오르고, 또 오른 끝에 밀로는 어느덧 나우베르크의 산자락에 서 있었다. 그곳에는 나우베르크를 등지고 있는 작고 아담한 오두막 한 채가 있었다. 밀로의 앞에 우뚝 솟아 있는 나우베르크는 오후의 태양 아래 붉은 갈색 옷을 입고 있었다.

정상으로 향하는 길을 확인하기 위해 고개를 들어 산을 바라본 밀로는 여러 갈래의 오솔길이 있다는 사실을 깨달았다. 어떤 길로 가야 지혜로운 노인을 만날 수 있는지, 알 수 없는 상황이었다. 밀로는 길을 묻기로 결심하고 나무 오두막으로 향했다.

오두막 문은 열려 있었다. 밀로는 안으로 들어갔다. 오두막의 내부는 어두웠지만 무척 안락한 느낌이었다. 보이는 사람도, 들리는 소리도 없었다. 밀로는 테라스로 나갔다. 그제야 나무 벤치에 가만히 앉아 주변 풍경을 바라보고 있는 한 노인이 보였다. 잠시 후, 밀로를 발견한 노인이 가만히 벤치 하나를 가리키며 앉으라는 신호를 보냈다.

"무척이나 피곤해 보이는 방랑자로군. 꽤 오래 걸은 모양이야."

밀로에게 하는 말이었지만, 그것은 질문이라기보다는 단언에 가까웠다. 노인의 말에 밀로는 고개를 끄덕이며 감사의 인사를 전한 후 벤치에 자리를 잡았다.

노인은 당연히 해야 하는 일인 것처럼 자리에서 일어나더니, 밀로에게 레모네이드 한 잔을 가져다주겠다고 했다. 밀로는 기꺼이 화답했다. 편안한 벤치에 앉아 즐기는 짧은 휴식이라니! 분명 큰 도움이 될 것이었다.

잠시 후, 두 사람은 나란히 앉아 먼 곳을 바라보고 있었다. 도시 전체가 전부 다 내려다보이는 곳이었다. 저 멀리 수평선에까지 이르는 전망을 가지고 있었다. 이들의 머리 위로는 어딘가로 향하는 듯한 새 한 마리가 허공을 가르고 있었다.

"저는 지벤뮌덴에서 왔습니다."

밀로가 노인에게 자신을 소개했다.

"저는 지혜로운 노인을 찾고 있어요. 지식과 학식이 뛰어나 답하지 못하는 질문이 없다고 알려진 분이죠."

밀로의 말을 들은 나이 든 남자의 얼굴에 짓궂은 미소가 번졌다.

"나우베르크에는 사람이 살지 않아요. 이곳에 있는 거라곤 여기 이 오두막이 전부죠. 당신을 괴롭게 하는 질문이 뭐요? 혹시 내가 도와줄 수 있는 일일지도 모르잖소."

자신이 그토록 찾아 헤매던 지혜로운 노인이, 조언을 구하기 위해 그 긴 여행을 떠나게 만든 그 사람이, 어쩐지 지금 눈앞에 앉아 있는 것 같다고 밀로는 생각했다.

밀로는 남자에게 자신이 안고 있는 고민과 걱정을 털어놓기로 결심했다.

"어떻게 해야 마음의 평화를 찾을 수 있을지, 저는 그 답을 찾기 위해 여기에 왔습니다."

노인이 생각에 잠긴 얼굴로 밀로를 바라보았다.

"지금 기분이 어떻소? 지금, 이 순간 말이오."

남자의 질문에 밀로는 천천히 눈을 감고 자신의 마음에 집중했다. 여행을 시작하면서 갖게 된 안정감과 명확함이 밀로에게 확신을 주고 있었다.

"평안하고 만족스럽습니다. 여행길에 오르고 나니, 복잡한 생각들이 사라졌고, 모든 것을 자연스럽게 흘러가게 두었거든요."

노인이 눈썹을 치켜세우며 물었다.

"그렇다면 답을 찾은 것 같은데?"

노인이 미소를 지으며 밀로를 바라보았다. 밀로의 얼굴에도 이내 미소가 번졌다.

밀로는 가만히, 자신이 지나쳐온 아름다운 풍경들을 떠올렸다. 눈부신 햇살 아래 빛나던 해바라기 꽃밭, 그늘진 숲, 넓은 강과 친절한 어부, 그 어부가 들려준 이야기, 따뜻했던 여름비와 자신을 묵게 해준 친절한 농가의 주인, 여행 내내 눈앞에 두고 걸었던 붉은 나우베르크까지. 어느덧 밀로는 나우베르크의 산자락에 와 있었다.

그 순간, 밀로는 깨달았다. 이곳으로의 여행은 밀로를 끊임없이 가르치고 있었다는 것을. 여행 내내 밀로는 이곳, 바로 지금 여기에 존재했다. 눈앞에 목표를 두고는 있었지만, 조바심을 내지 않았고 차분하게 목표를 향해 나아갔다. 현재 나에게 주어진 순간을 놓치지 않은 채로 말이다. 자신도 모르는 사이, 밀로는 내면의 평화를 찾은 것이다.

밀로는 노인에게 미소를 지어 보였다. 아무 말 없이, 그저 고개를 끄덕이며.

두 사람은 조용히, 편안하게 앉아 먼 곳을 바라보았다. 살면서 이와 같은 마음의 고요함과 평온함을 느낀 것은 처음이었다. 과거에 얽매이고 미래를 불안해하던 생각을 내려놓고, 온전히 현재를 살고 있었던 것이다. 이와 같은 깨달음을 준 여행이 너무나도 고마웠다.

그리고 그 순간, 밀로는 바닷가의 작은 카페가 자신을 위한 장소임을, 자신이 살아가야 할 장소임을 알 수 있었다. 지금 이 순간을 온전히 살 수 있는 유일한 장소가 바로 작지만 사랑스러운 그 카페였다. 그곳에서라면, 매 순간을 놓치지 않고 충만하게 누릴 수 있을 것 같았다. 이번 여행이 그랬듯, 바닷가의 아름다운 카페는 끊임없이 밀로가 가야 할 길이 무엇인지를 알려주고 있었던 것이다.

밀로는 노인에게 감사의 인사를 전한 뒤 자리에서 일어났다. 두 사람은 서로를 꼭 끌어안은 채 한참을 서 있었다. 다시 한번 밀로는 깨달았다. 자신의 목적지는 결코 나우베르크의 지혜로운 노인이 아니었다. 그에게로 향하는 길 자체가 실은 밀로의 목적지였던 것이다.

모든 긴장을 풀고 새로운 힘을 얻은 밀로는 방향을 돌려 집으로 향했다. 돌아가는 길, 밀로는 이따금 잔디 위에 담요를 깔고 휴식을 취했고, 나이 많은 어부를 다시 한번 마주쳤다. 이번에도 어부는 밀로를 강 너머로 데려다주겠다고 했다.

"그래서, 답을 찾았소?"

노인이 짓궂은 얼굴로 물었다.

밀로는 이 여행을 통해 자신이 받은 선물들에 대해 이야기를 했다.

작별 인사를 하는 순간, 어부가 밀로에게 악수를 청했다. 얼굴 한가득 기쁨의 미소를 머금은 채, 어부는 밀로를 보내주었다.

밀로는 다시 숲을 지나고, 해바라기 꽃밭을 지났다. 그리고 드디어 그리운 고향, 지벤뮌덴에 도착했다.

날은 어둑해져 있었고, 도시는 이미 평화로운 잠에 빠져 있었다. 거리를 지나는 사람은 아무도 없었다.

할머니의 집은 카페 바로 옆에 달려 있었다. 솨, 솨. 걸음을 내디딜 때마다 밀로의 귓가에 선명한 파도 소리가 들려왔다. 파도 소리를 제외하면 아무런 소리도 나지 않는, 고요한 도시의 밤이었다. 사람들도 갈매기들도 깊은 잠에 빠져 있었다.

밀로에게도 피로감이 몰려왔다. 눈꺼풀이 무겁게 느껴졌고, 밀로를 지탱하고 있는 근육 하나하나가 편안한 휴식을 요구하고 있었다. 이제 곧, 따뜻하고 푹신한 침대에 누울 수 있다는 사실이 밀로를 기쁘게 했다.

집에 들어가기 전, 밀로는 다시 한번 바다를 바라보았다. 어둠 속의 바다는 그 어느 때보다도 더 평화로웠고, 한낮의 바다보다 신비로웠다. 짙은 파란색의 맑은 하늘에는 반짝이는 별들이 가득했다. 반짝, 반짝. 별들은 다이아몬드처럼 빛나고 있었다. 작은 별들 사이로 이따금 조금 더 크고 밝은 별이 반짝거리며 인사를 건넸다.

밤하늘을 수놓은 보석들 중 가장 빛나는 것은 단연 달이었다. 달은 수평선 위로 조용히 자신의 은빛 조명을 켠 채, 가물가물 바다를 비추고 있었다.

파도가 리듬에 맞춰 밀려와서는 모래사장을 적시고 다시 바다로 돌아갔다. 똑같은 고요한 움직임이 반복됐다. 아주 작게 찰싹, 하며 소리를 내는 파도도 있었다. 같은 듯하지만 선명하게 다른 바다의 노래. 밀로는 그 차이를 분명하게 들을 수 있었다. 그것은 마치 바다의 느린 호흡과도 같았다.

그렇다. 바다는 호흡을 하고 있었다. 천천히 들이마시고, 천천히 내쉬기를 반복하며. 파도가 오고 가고, 호흡을

들이마시고 내쉬고. 그렇게 바다는 휴식을 취하고 있었
다. 그리고 자신을 둘러싼 세상의 그 어떤 것에 대해서도
의연했다.

서늘한 바닷바람이 피부에 닿으며 밀로의 기분을 상쾌
하게 만들었다. 자신을 둘러싼 풍경과 하나가 된 것 같았
다. 밀로는 드디어 자신이 집에 돌아왔다는 것을 깨달았
다. 분명하게, 그 어떤 의구심과 질문 하나 없이.

집에 들어간 밀로는 먼저 배낭을 내려놓고 옷을 벗은
후, 공기가 잘 통하는 부드러운 셔츠로 갈아입었다. 침대
옆 작은 테이블에서 라벤더 향이 퍼지고 있었다. 깨끗하
고 매끈하게 정리되어 있는 침대 위로 밀로의 손이 부드
럽게 스쳐 지나갔다. 밀로를 기다리며 할머니가 준비해놓
으신 게 분명했다. 밀로는 집에 돌아온 것이다.

밀로는 자신이 사랑받고 있다는 것을, 보호받고 있다는
것을 선명하게 느낄 수 있었다.

한결 편안해진 마음으로 밀로는 침대에 누웠다. 피부에

닿는 이불의 감촉은 보드라웠고, 갓 세탁한 이불에서는 좋은 향이 났다. 따스한 밤, 밀로는 그 어느 때보다도 상쾌한 기분을 만끽하고 있었다.

무거운 눈꺼풀이 내려오며 밀로의 눈을 감겼다. 밀로는 깊이 숨을 들이마시고, 길게 내쉬었다. 모든 것을 훌훌 털어버리고 남은 경쾌함 속에서 밀로는 깊고 행복한 수면 속으로 빠져들었다.

감사한 마음

눈부신 아침 햇살에 나는 기분 좋게 잠에서 깨어났다. 눈을 뜨고, 햇살 가득한 침실의 열린 창문 너머로 하늘을 내다본다. 짙은 파란색의 드넓은 하늘 아래로 살랑바람이 부는 아침이다.

방으로 불어오는 바람을 타고 활기찬 새들의 노랫소리가 들려온다. 한참 동안 나는 새들의 소리에 가만히 귀를 기울인다. 열린 침실 문 틈으로 화려하게 장식된 거실이 눈에 들어온다. 행복의 감정이 내 안에 서서히 차오른다. 그렇다. 오늘은 내 생일이다.

오늘 저녁, 가족과 친한 친구 몇 명이 집에 오기로 했다. 우리는 편안하게 식사를 하며 함께 시간을 보낼 계획이다. 오늘의 파티를 위해 나는 어제 집을 미리 정리해두었다. 손님을 맞을 준비가 모두 끝난 상태이므로, 오후까지는 여유가 있다. 오롯이 나만의 시간을 가질 수 있게 된 것이 무척이나 행복하다. 나만을 위한 시간을 나는 조금 특별한 장소에서 보내려 한다.

마음속으로 오늘 하루의 계획을 되뇌이며, 나는 욕실로 향한다. 가장 먼저 샤워를 한다. 평소보다 더 오래, 내 머리 위로 쏟아지는 따뜻한 물을 즐긴다. 내 피부를 두드리며 나를 상쾌하게 씻어 내려가는 물줄기를 느껴본다. 샤워실 바닥에 떨어지는 물이 내 발바닥 아래로 흘러가는 느낌까지도.

이어서 양치를 한다. 나는 눈을 감고 입안에 있는 칫솔과 치약의 거품이 만들어내는 느낌에 집중한다.

눈을 떠보니 화장실 거울에 내 모습이 비치고 있다. 거

198

울 속에 비친 내 모습을 보며 "안녕" 하고 인사를 건네고, 미소를 지어본다. 내 생일이라는 것이 기쁘게 느껴지는 하루다. 기쁨의 감정이 가슴 가득 차오르며 기분 좋게 배를 간질인다. 생일이면 으레 찾아오곤 하는 감정이다.

옷을 입고, 짧은 외출을 위해 가방을 챙긴 나는 방을 나선다. 핸드폰은 챙기지 않았다. 필요하지 않을 것 같아서다. 나는 나무 계단을 통해 아래층으로 내려온 후, 현관문을 열고 밖으로 나온다. 여름 공기가 기분 좋게 느껴진다. 온화한 여름 아침의 신선한 공기가 여전히 남아 있는 날이다.

지금 살고 있는 이 집은 이 도시에서 내가 가장 좋아하는 큰 강의 바로 앞에 위치해 있다. 오늘 아침, 강물은 햇살을 받아 터키색으로 빛나고, 늘 그렇듯 고요히 흐르고 있다.

나는 강 옆으로 난 조약돌 길을 따라 걷기 시작했다. 촘

촘한 나뭇잎을 가진 나무들이 강기슭을 따라 줄지어 서 있다. 이곳을 가득 메우고 있는 보리수의 짙은 향은 무척이나 상쾌하다. 맡을 때마다 나를 행복하게 만든다. 보리수의 향을 처음 맡는 것이 아닌데도, 나는 이 수수한 나무가 풍기는 향이 이토록 매혹적이라는 사실에 매번 놀라곤 한다.

가는 길에 나는 베이커리에 들러 이제 막 구워져 나온 따뜻한 크루아상과 카푸치노 한 잔을 산다. 크루아상을 가방에 넣고 카푸치노를 한 손에 든 채로 나는 계속해서 강을 따라 걷는다. 커다란 다리를 건너 반대편 강기슭으로 넘어간 다음, 몇 미터를 더 이동한다. 몇 분 후, 나는 마침내 목적지에 도착한다.

높이가 허리쯤 되는 철문을 통해 나는 강을 따라 난 산책로에서 바로 접근할 수 있는, 도심 속 작은 공원으로 들어간다. 몇 걸음 걸었을까. 내 눈앞에 내가 원하던 풍경이 펼쳐진다.

다채로운 색감과 형태를 가진, 수없이 많은 장미들로 가득 찬 장미 정원이다. 장미 나무들은 궁전 공원에서 볼 수 있는 것처럼 대칭을 이루어 정돈되어 있다. 여러 종의 장미꽃들로 장식된 자그마한 보타닉 가든이다.

아침 시간이라 그런지 공원에 사람은 많지 않다. 덕분에 오늘도 나는 여유롭게 이 아름다운 풍경을 누릴 수 있는 행운을 가진다.

공원 곳곳에 놓인 빈 의자와 벤치들이 잠시 이곳에 머무르며 휴식을 취하라고 나에게 말을 건네는 것 같다. 나는 벤치 하나를 골라 편안하게 자리를 잡고 앉은 다음, 다채로운 색감을 뽐내는 장미 정원을 가만히 바라본다.

천천히 숨을 깊게 들이마시며 장미 향을 온몸에 가득 채운다. 그리고 천천히 호흡을 내뱉는다.

나는 가방에서 조금 전에 산 크루아상을 꺼내 그 맛을 충분히 음미하며 먹는다. 이어 한 모금 한 모금씩 천천히 카푸치노를 마신다.

벤치에 앉아 편안하게 휴식을 취하는 기분은 무척이나 근사하다. 그 행복한 기운이 가슴에서부터 나를 따뜻하게 감싸 안는 기분이다. 이 순간의 아름다움이 선명하게 느껴지고, 지금 나는 행복을 위해 필요한 모든 것을 전부 다 가진 사람인 것 같다.

감사의 마음이 내 안에 가득 차오른다. 생일 아침, 이토록 아름다운 장소에 앉아 조용히 시간을 보낼 수 있다는 것이 얼마나 풍요로운 일인지, 얼마나 행복한 일인지를 나는 깨닫고 있다. 나를 행복하게 하는 모든 것에 감사하고 싶은 마음이다.

지금 이 순간에 느끼는 행복과 감사한 마음을 놓치고 싶지 않아 나는 서둘러 가방에서 수첩을 꺼낸다. 검은색 커버 안에 흰색 무지 노트로 채워진 수첩이다. 종이는 일반 종이보다 조금 더 두껍고 거칠다. 나는 연필 한 자루를 꺼내어 수첩을 펼친 다음 커다랗게 제목을 적는다.

나의 생일 – 감사의 순간

제목 아래로 나는 감사하게 느껴지는 모든 것들을 적어 내려간다. 고민할 필요도 없이 수많은 단어가 내 안에서 쏟아져 나온다. 지금 이 순간의 내 감정과도 정확하게 일치하는 단어들이다.

지금 이 순간에 감사하다. 향기로운 장미에 둘러싸인 이곳과 반짝이는 파란 하늘. 이곳에서 내 마음은 그 어느 때보다도 평안하고 충만하다.

자연과 그것이 지닌 모든 색깔, 냄새에 감사하다. 빛과 따스한 기온에 감사하고, 지금까지 만났던 무지개들에 감사하며, 아침의 태양과 저녁의 태양에 감사하다. 이른 아침의 아름다움과 깊은 밤의 고요에 감사하다. 이렇게 많은 생명들과 이 지구를 공유할 수 있다는 것에 감사하고, 우리 모두가 이 지구에서 삶의 기적을 누리고 있음에 감사하다.

오늘, 한 살 더 성장해 새로운 한 해를 시작할 수 있게 된 것에 감사하다.

나를 위해 기꺼이 시간을 내어주는 사람들에게 감사하다. 나의 소중한 사람들, 내 인생의 가장 아름다운 경험들을 나눠주는 이들에게 감사하다. 함께 웃고, 춤을 추고, 별것 아닌 일에도 농담을 주고받을 수 있는 사람들, 나의 열정과 나의 꿈, 나의 목표를 이루는 과정에서 나를 지지해주는 사람들, 언제나 힘이 되어줄 뿐만 아니라 내가 누구인지를 잊지 않도록 곁을 지켜주는 사람들에게 그저 감사할 뿐이다.

어려울 때에도 곁을 지키며 다시 빛 가운데로 나올 수 있도록 어두운 터널을 동행해주는 사람들이 있음에 감사하다. 내 이야기를 들어주고, 나를 움직이고, 내게 자극이 되는 일들을 나누는 시간을 지치지 않고 함께 해주는 사람들이다. 가끔 관계가 어려울 때도 있다. 하지만 그때마다 서로 배우고, 서로의 의견을 들을 수 있다는 것에 감사하다.

살아오면서 내가 저지른 실수들에 감사하다. 마침내 극복할 수 있었던 수많은 어려움에 감사하다. 하나하나 나에게 가르침을 주지 않은 것이 없었다. 그 덕분에 지금의 내가 이곳에 있을 수 있다고 생각한다. 참 감사한 일이다. 실수를 해도 된다는 사실과 그때마다 침착함을 잃지 않았다는 사실에 감사하다.

내 인생에 들어와 가르침을 주었던 모든 스승에게 감사하다. 이들의 다정함과 인내에 감사하다. 때론 다소 엄하고 거칠게, 비판의 목소리도 아끼지 않았던 사람들에게도 감사하다. 이들에게도 나는 많은 것을 배웠다.

지금까지 이뤄온 크고 작은 성공들에 감사하다.

지금, 여기까지 살아올 수 있도록 나의 기반이 되어준 교육에 감사하다.

매일 나에게 따뜻함과 휴식을 선물해주는 안락하고 편안한 집이 있음에 감사하다. 집이라고 부를 수 있는 곳은 안전하고 자유롭게 살 수 있는 토대가 되어주었다. 그곳에서 기쁨을 누릴 수 있고, 사랑하는 이들과 함께 먹고, 마시고, 웃을 수 있음에 감사하다.

지금까지의 모든 휴가와 여행, 모험에 감사하다. 내 눈앞에 펼쳐졌던 낯선 장소들과 그곳에서 맛있게 먹었던 새로운 요리와 음식들, 내가 밟고 걸었던 해변의 모래와 한 걸음 한 걸음 오르던 산, 수영을 즐기던 바다까지도 모두 감사하다.

여행을 통해 맺었던 새로운 인연에 대해서도 감사하다. 대부분은 예상치 못한 만남이었고, 기대했던 것보다 더 아름다웠다. 나에게 새로운 생각과 자극, 감정을 줄 때가 많은 만남이었으므로.

이 세상이 나에게 허락하는 모든 문화와 다양성, 필요와 전통에 감사하다.

나를 춤추게 만드는, 때로는 웃고 때로는 울게 만드는 수많은 음악에 감사하다. 내가 좋아하는 노래들과 그 안에 저장되어 있는 감정과 기억들에 감사하고, 그것들이 언제나 새로움을 선물해준다는 사실에 감사하다.

내가 이 세상에 태어난 후로 언제나 나를 위해 존재하며, 나를 보호하고, 어려운 일이 있을 때마다 나를 지탱해주는 내 몸에 감사하다. 인간의 몸, 그것이 가지고 있는 본능과 정신은 기적과도 같지 않은가. 지치고, 상처받고, 다치는 일이 반복되지만, 그때마다 몸은 스스로를 치유하고, 내가 이 삶을 누릴 수 있도록 나에게 힘을 불어넣어

준다. 언제 휴식이 필요한지를 알려주고, 내가 살아갈 수 있도록 나를 돕는다. 인생과 그 안에 가득한 모험을 경험할 수 있게 해주는 두 다리에 감사하다. 일을 하고, 만들고, 창조하며, 놀이를 할 수 있게 해주는 두 손에도 감사하다.

영혼을 쉬게 하고, 모든 것을 내려놓은 채 고요와 조화로움의 아름다움을 누릴 수 있었던 모든 순간에 감사하다. 명상을 배우게 된 것에 감사하고, 이를 통해 나만의 방식으로 마음을 진정시키고, 안정시킬 수 있게 된 것에 감사하다.

지금의 내가 된 것에 감사하고, 내가 오늘 여기에 앉아 감사할 수 있음에 감사하다. 이 따뜻한 감정을 느낄 수 있음이, 나는 참 감사하다.

마지막 문장을 끝으로 나는 연필을 내려놓는다. 가슴에

선 끝도 없는 감사의 감정이 솟아오르고 있다. 수첩에는 더 이상 메모할 공간이 남아 있지 않다.

나는 수첩을 가방에 넣은 뒤 장미 정원으로 시선을 돌린다. 지금 이 순간과 나를 둘러싼 수많은 장미들, 이 도시와 내 인생이 하나가 된 것 같은 느낌이 든다. 나는 조금 더 이 순간을 즐기기로 한다.

정오쯤 되자, 이제 그만 두 다리로 땅을 딛고 일어서고 싶어졌다. 나는 자리에서 일어나 마지막으로 장미 정원을 깊이 눈에 담은 다음, 숨을 들이마시고 천천히 내쉰다.

이제 정원을 벗어나 집으로 가는 길로 향한다. 터키색의 강물은 정오의 태양 아래 조금 더 밝게 반짝이고 있다. 곳곳에 산책하는 사람들의 모습이 보인다. 일광욕을 좋아하는 사람들은 벌써부터 강가의 잔디밭에 담요를 깔고 편안한 자세로 햇살을 즐기고 있다.

나는 주변을 자세히, 즐거운 마음으로 둘러본다. 다리가 저절로 움직이고 있는 것 같다. 짧은 산책을 더 즐기고 싶은지, 내 다리는 나를 강가로 안내한다. 나는 그렇게 한참을 더 걸으며 새 아침의 에너지를 내 안에 가득 채워 넣는다. 이제 집으로 돌아가도 좋겠다는 생각이 들 때까지, 나는 걷고 또 걷는다.

산책을 마무리하고 집에 도착하자 깨끗하게 정돈된 집이 오늘 저녁의 약속을 상기시킨다. 언제 봐도 반가운 얼굴들이 잠시 후 이곳을 찾을 것이다. 나는 시계를 확인한다. 손님들이 도착하기까지는 아직 몇 시간이 남아 있다.

갑자기 피로감이 느껴진다. 동시에 감사한 마음이 나를 사로잡는다. 오늘 저녁의 만남을 위해 에너지를 충전할 만한 시간이 충분히 남아 있기 때문이다.

나는 커튼을 닫고 제시간에 일어날 수 있도록 알람시계를 맞춘 다음 침대에 눕는다. 그리고 살포시 눈을 감는다. 깊이 숨을 들이마시고, 천천히 내쉰다.

침대가 나를 안전하게 지탱해주고 있고, 이불은 나를 따뜻하게 감싸고 있다. 두 발의 피로가 스르르 풀리며 휴

(아픈 를 위한 수면 명상)

식이 주는 기분 좋은 편안함이 나를 사로잡는다.

온몸이 점점 더 나른하고 무거워지는 느낌이다. 의식이
점점 흐릿해진다. 이내 나는 그 무엇에도 방해받지 않는
휴식 같은 깊은 잠에 빠져든다.

수면에 어려움을 겪고 있는 사람들을 위해 명상 앱 세
븐마인드(7Mind)의 심리 및 수면 전문가들과 함께 도움이
될 만한 방법들을 정리했다. 우리 모두가 마땅히 누려야
할 질 좋은 수면을, 조금 더 쉽고 편안하게 즐길 수 있기
를 바라며.

1. 수면 루틴 정하기

하루의 다른 일과와 구분되는 수면 루틴을 정하라. 반
복되는 일과와 대조되는 루틴일수록, 우리의 뇌는 이제

잘 시간이 되었다는 것을 분명하게 인식하게 된다. 아끼는 파자마를 입는 것도 좋고, 수면에 도움이 되는 차를 마시는 것도, 수면등을 켜고 독서를 하는 것도 좋다. 뇌가 혼란스러워하지 않도록 분명하게, 이제 전원을 차단할 시간이라는 것을 알릴 수 있는 행동을 매일 같이 반복하라.

2. 오프라인 모드로 전환하기

언제든 연락이 가능한 상태의 핸드폰을 가지고 있다는 것은, 곧 우리 의식의 일부가 24시간 깨어 있다는 의미와 다르지 않다. 모든 일상을 내려놓고 싶다면 스마트폰을 끄거나 비행기 모드로 바꿀 것을 추천한다. 아침에 일어나 의식을 깨울 준비가 되었을 때 다시 전원을 켜라.

3. 명상하기

주기적인 명상은 수면에 도움이 된다. 여러 연구 결과들이 뒷받침하고 있는 사실이기도 하다. 명상 서비스를 제공하는 앱을 이용하든, 질 좋은 수면을 도와주는 명상을 따라 하든, 여러분의 방식대로 도움이 되는 명상을 하든, 무엇이든 좋다. 이렇게 몇 주를 반복하다 보면 마음의 안정을 찾을 것이고, 더 빨리, 더 깊이 잠에 들 수 있다는 것을 깨닫게 될 것이다.

4. 잠이 오지 않음을 받아들이기

가끔은 잠을 잘 만큼 피곤하지 않은 상태에서 수면을 시도할 때가 있다. 침대에 누웠으나 30분이 지났는데도 잠이 오지 않는다면, 침대에서 벗어나 몸의 긴장을 푸는 데 도움이 되는 활동을 하는 것이 좋다. 차 한 잔을 마셔도 좋고, 명상을 하는 것도 좋다. 피곤하지 않은데 억지로 잠을 잘 수는 없다. 하지만 기분 좋게 편안한 마음으로 수면을 준비한다면, 이내 나른함이 느껴질 것이다.

〔 감사의 말 〕

가장 먼저 세븐마인드의 안나 로젠바움에게 감사의 인
사를 전하고 싶다. 그녀가 아니었더라면, 이 이야기들은
결코 빛을 보지 못했을 것이다. 안나는 이 프로젝트의 시
작에서부터 적극적으로 도움을 주었고, 알맞은 단어를 찾
을 수 있도록 영감을 주었으며, 멋진 아이디어들을 나눠
주었다.

나의 좋은 친구, 얀 슈트렘멜과 토르스텐 슈미츠에게도
감사의 마음을 전한다. 이 프로젝트를 이어주고 있는 다
정한 목소리의 주인공들이다.

멋진 협업을 가능하게 해준 파트리치아 홀란드 모리츠에게도 감사하고 싶다. 이 프로젝트의 단계마다 전문가로서 열정을 가지고 도움을 주었다.

세븐마인드의 모든 동료들에게도 감사한 마음을 전한다. 특히 설립자인 마누엘 론네펠트와 요나스 레베는 처음부터 이 프로젝트를 아낌없이 지원해주었다. 알렉산드라 고요비에게도 진심으로 감사의 인사를 전한다. 확실한 조언들로 이 책의 작업이 마무리되는 동안 곁을 지켜주었다.

마지막으로 나를 믿어주었던 소중한 친구들과 부모님, 가족들에게 진심 어린 감사의 말을 전하고 싶다. 무엇보다 엄마의 이야기를 꼭 하고 싶었다. 생애 첫 수면 동화를 읽어주었던, 아낌없는 사랑을 나눠주었던 엄마에게 그 누구보다도 감사하다. 엄마가 읽어준 이야기들은 살아가는 동안 매일 나에게 영감을 주었다.

깊은 잠으로의 초대

　잠시 가만히 앉아 눈을 감고 기억을 곰곰이 더듬어보면, 선명하게 살아나는 것이 있다. 그것이 낮은 목소리로 읊조리던 자장가이든, 토닥토닥 가슴과 등을 흐트러짐 없는 박자로 두드리는 손길이든, 헝클어진 머리카락 사이를 부드럽게 쓸고 지나가는 손가락이든, 눈꺼풀이 무거워질 때까지 즐기곤 했던 흔들흔들하는 움직임이든, 우리를 깊은 잠에 빠져들게 했던 그 따스한 손길에 대한 기억. 희미하지만 우리의 몸이 기억하고 있는 그때의 느낌과 그 감정. 어두컴컴한 방 한구석에 누워 그 자그마한 몸으로 기나긴 밤을 홀로 이겨냈어야 할 누군가에게는 무척이나 절실했을 그 손길과 그 노래, 그 온기.

그랬다. 그 시절의 우리는 모두 그것을 필요로 하고 있었다.

그로부터 오랜 시간이 흘러, 어느덧 우리는 어른이라는 묵직한 이름표를 달고 살아가는 존재가 되었고, 분주하게 반복되는 일상 속에 그 필요를 잃은 것 같다. 놓지 못한 과거와 불안한 내일 사이에 빼곡히 채워져 있는 하루의 사건들과 감정들에서 조금도 벗어나지 못한 채 억지로 눈을 감고 몸을 뒤척이기 시작한 것은 언제부터였을까.

온전한 하루의 시작은 온전한 휴식에서 나온다는 사실을 망각한 채, 그저 그렇게 남은 시간을 해치우듯 대충 넘겨버렸던 우리의 밤은 언제부터 그 가치를 잃었을까. 더불어 그 시간이 충분한 준비와 의식을 필요로 하고 있다는 것을 우리는 언제부터 외면해왔던 것일까.

그렇다. 우리는 어린 시절 그러했던 것처럼 여전히 따

스한 손길을, 부드러운 자장가를, 편안한 이야기들을 필요로 하고 있다.

경제협력기구(OECD)의 조사에 의하면, 지난 2016년 기준 한국인의 평균 수면 시간은 7시간 51분으로 세계 평균에 비해 31분이나 적은 최하위권에 해당한다고 한다. 국민건강보험공단의 통계도 주목할 만하다. 잠을 제대로 자지 못하거나 자고 난 후에도 피로를 느끼는 수면장애 환자가 2019년 기준으로 약 64만 명에 이르며, 한 해 사이 무려 13%나 증가했다고 하니 끝이 보이지 않는 코로나19 팬데믹으로 곳곳에서 신음하고 있는 우리 사회가 지금 얼마나 피로한 밤을 보내고 있을지, 충분히 짐작할 만한 일이다. 오죽했으면 숙면을 위한 사회적 지출이 늘어난 현상을 두고 잠과 경제의 합성어인 수면 경제, 슬리포노믹스(Sleeponomics)라는 용어까지 등장했으랴.

현대사회가 회복해야 할 것이 있다면 그것은 석양이 지평선 너머로 모습을 감추고 자연이 하루를 마무리하는 순간, 모든 불을 끄고 함께 적절한 휴식을 취하는 밤 시간일지도 모르겠다. 그것이 새로운 아침을 맞이하는 태도에 변화를 가져오는 것이라면 그 밤을 온전히 누리기 위해 사부작사부작 준비를 하는 일은 분명 그만한 가치가 있으리라.

여기, 그 준비 과정을 도와줄 것이 아주 가까이에 있다. 편안하게 누워 이 책 속에 담긴 열 편의 이야기들을 따라가 보자. 잠이 들 때까지 곁에서 수면 동화를 읽어줄 부모님은 비록 계시지 않을 수 있어도, 그때의 우리를 잠들게 했던 그 보살핌의 원리는 여전히 유효하다.

어른이 된 나를 위해 나지막한 목소리로 이 책을 읽어나가 보자. 한 문장, 한 문장, 서두르지 말고 끝까지 읽어야 한다는 강박 또한 내려놓은 채, 마침내 하루의 휴식을 온전히 누릴 준비가 되었다는 생각이 들 때까지. 가만히, 가만히. 토닥, 토닥.

독일에서 큰 인기를 끌고 있는 명상 앱 '세븐마인드'의 명상 및 수면 전문가들이 실제로 숙면에 도움이 되는 명상 기술들을 적용해 창작한 열 편의 이야기인 만큼, 간절한 마음으로 이 책을 집었을 독자들에게도 큰 도움이 되리라 생각한다. 아울러, 누군가 나의 등을 부드럽게 토닥이는 느낌을 실어 번역한 이 문장들이 여러분의 밤에 편안한 안내자가 되어주기를 진심으로 바란다.

더불어, 유치한 표현일지 모르겠으나 이를 대신할 표현 또한 없음을 인정하며 덧붙이는 한 마디. 우리 모두 행복한 꿈나라로 여행을 떠날 수 있길, 여러분의 밤이 안녕하길. 머리맡에 놓인 이 책을 통해 진심으로 응원하는 마음이다.

박여명

(어른을 위한 수면 동화)

어른을 위한 수면 동화

초판 1쇄 발행 2021년 9월 15일

지은이 이타르 아델
옮긴이 박여명

펴낸이 김남전
편집장 유다형 | 기획·책임편집 이정순 | 디자인 정란
마케팅 정상원 한웅 정용민 김건우 | 경영관리 임종열 김하은

펴낸곳 ㈜가나문화콘텐츠 | 출판 등록 2002년 2월 15일 제10-2308호
주소 경기도 고양시 덕양구 호원길 3-2
전화 02-717-5494(편집부) 02-332-7755(관리부) | 팩스 02-324-9944
홈페이지 ganapub.com | 포스트 post.naver.com/ganapub1
페이스북 facebook.com/ganapub1 | 인스타그램 instagram.com/ganapub1

ISBN 979-11-6809-000-2 03850

가나출판사는 당신의 소중한 투고 원고를 기다립니다. 책 출간에 대한 기획이나 원고가 있으신 분은
이메일 ganapub@naver.com으로 보내 주세요.